# この心が死ぬ前にあの海で君と

東里胡 Rico Azuma

アルファポリス文庫



https://www.alphapolis.co.jp/

## プロローグ

耳元で潮風が唸《うな》りを上げていた。

強い磯《いそ》の香りが漂《ただよ》い、吹きつける風の勢いに時折体を持っていかれそうになる。

誰のせいでもない、そう言い聞かせ、見つめていた白波が霞《かす》んでいく。

悲しいとか、悔《くや》しいとか、助けてとか、こんな感情は全部無くなってしまえばいいのに。

誰かを悲しませないように、嫌われないように。

溢《あふ》れそうになる想いを全部飲み込んで、生きてきた、はずだった。

――君に出逢《であ》うまでは。

心の奥底の嫌な自分を、君に暴かれてしまったみたいで思考回路がショートした。

感情を制御できなくなるのは、とても生きづらくて躓《つまず》いてしまいそうで。

胸の痛みなんか気のせいで済ませておきたいから。

4

お願い、踏み込まないで。放っておいて。
目を瞑《つむ》り耳を塞《ふさ》ぎ声を殺して、いつものように。
・・・・
感情をミュートする。

# 第一章　北国の春先はまだ冬みたいなもの

「高校卒業するまで、じいさんのとこで暮らさないか？　理都《りつ》」

申し訳なさそうに顔をゆがめ、独《ひと》り言《ごと》のように呟《つぶや》いた父さん。

急に私だけを釣りになんか誘うから何かと思ったら、そうか、この話がしたかったのか。

防波堤に並んで腰かけて、視線はテトラポットの穴の中、二本の釣り糸の先に色鮮やかな浮きたちがボウッと霞《かす》んで見えた。

「いいよ、じっちゃんの家なら自転車でも学校に通えるし。じっちゃんも一人で寂《さみ》しいもんね」

寂しいのは、じっちゃんじゃない、私の方だ。

顔を掻《か》くフリで目尻を擦《こす》る。泣いてしまえば父さんが困ってしまうから唇《くちびる》を固く結び、歯を食いしばった。

三月の終わり、春休みの真ん中、北海道函館市《ほっかいどうはこだてし》のこの時期はまだ冬の延長線上にある。

道路脇には茶色い根雪《ねゆき》があちらこちらにベタリとあって、パステル色の花が咲くのはもう少し先のこと。防波堤には今日も強い風が時折吹き抜けて、皮膚《ひふ》に突き刺さるようなその冷たさに背中を丸め首をすくめる。

昨日、私はまたやってしまった。母さんを怒らせてしまったのだ。

『本当にあんたは誰さ似たんだか‼ 可愛《かわい》げのない‼』

ヒステリックに叫《さけ》んだ後、いつものように母さんはハッとした顔をして『リツ、ごめんね。母さん言いすぎた』と泣き崩れた。

ごめんね、母さん。怒らせたのは私、母さんのせいじゃない。いつものように小さく丸くなった母さんの背中をさする。

ここのところ、母さんが泣く回数は増えた気がしていた。きっと私のせい。

昨夜遅くまで父さんと母さんの部屋は明かりがついていた。私の今後についての話し合いをしていたのだろう。

「すまねえな、リツ。母さんのことで、いっつも」

「なしてさ？ なんも悪くないよ？ 母さんも、父さんも」

大丈夫だから、と明るく振る舞っても父さんは私の顔を見てはぐれなかった。

父さんのそんなしょげた顔を見ているのが辛い。

ふとテトラポットの底に視線をやればピンと張った糸の先、浮きが一つ幾度か海中に引っ張られている。

「父さん、糸引いてる！　なんか釣れてる！」

「おっ、でっけえな！　リツ、網《たも》取って」

今晩のおかずになるクロソイ。二人で引き上げてその大きさに「明日も食べられるね」と苦笑した。

ようやく父さんが私を見て笑ってくれて、その目がいつものように優しかったから、本当に安心した。

父さんにまで嫌われていないことに……。

それから母さんとはあまり話をすることもなく、四月に入ったばかりの月曜日、慌《あわ》ただしく迎えた私だけの引っ越しの日。

「体に、気を付けなさいよ。あんたはお腹弱いんだし、すぐ風邪《かぜ》ひくんだし」

父さんが知り合いから借りてきてくれた軽トラに荷物を運びこんでいると、母さんがすれ違いざまにボソリと呟いた。

「うん、気を付けるね」

「じっちゃんの言うこと聞くんだよ？　世話になるんだからね！　迷惑だけはかけるんでないよ」

「そだね。ちゃんと聞くから」

これは母さんなりの心配の仕方だ。

いつも怒っているみたいに聞こえるけれど、それが精一杯の優しさだってことを知っている。

「姉ちゃんの部屋に移ろっかなあ？　日当たりいいし」

「したらリツが帰ってくる場所ないでしょうや‼」

弟の拓《たく》の悪びれない話にも、それはダメだと首を振る母さん。

今更、そんな風に優しいのは余計に辛いよ、母さん。じゃあ、どうして私を、私だけをじっちゃんの家に行かせるの？

そんな思いが過っても、絶対に口にしてはいけない。そんな風に、思うこともいけない気がする。

「いいよ、拓。姉ちゃんの部屋と交換しても。したけど窓枠ズレでるから冬場、雪入ってくるよ？」

「リツ、なして言わなかったの？　寒かったんでないの？　したからすぐ風邪ひいてたんでしょ！」

その場を明るくしようとした冗談は間違いだったよう。母さんをまたイラつかせてしまった。

「ごめんなさい」

小さく首をすくめて誤魔化《ごまか》すように笑ったら、母さんは眉間《みけん》に皺《しわ》を寄せた後、すぐに私に背を向けて。

「気を付けて行きなさいよ。したけど、いつでも帰ってきていいんだからね。ここはあんたの家なんだから」

「うん、わかってる。したっけ行ってくるね、母さん」

今、母さんはどんな顔をしてるんだろう？　背を向ける瞬間、目が潤《うる》んでいた気がしたのは、私の願望によるものかもしれない。

荷物を積み終えた父さんに出発を促《うなが》され、軽トラの助手席によじ登るようにして座る。

見送りは拓一人で、母さんはもう家から出てこなかった。

「じっちゃんさ、よろしく言っといてね！　オレも今度遊びに行くから」

拓は母さんにそっくりで、私は父さん似。拓の笑顔を見ると何だかホッとするんだ。

「したっけね～！　行ってくるから」

開きっぱなしの玄関の奥にまで届くように、大きな声で拓に声をかけて手を振る。

行ってきます、母さん、元気でね。

いつまでも見送ってるような拓が、海岸沿いの道に出るカーブで見えなくなると、寂しさがこみ上げる。

同じ市内に住んではいても、少しだけ距離があるからだ。

私の家は浜沿いで、そしてこれから住むじっちゃんの家も海の近く。

湯川《ゆのかわ》にある私の家から少し歩くと、海辺の道・漁火《いさりび》通りに突き当たる。海を左手に見て通りを一直線にずーっと歩き、一番大きな交差点を右に曲がり駅前に出たら左に。十字街《じゅうじがい》をどつく《どつく》方面に向かい、左手にある坂道の途中にじっちゃんの家がある。

車なら混んでいなければ二十分で着く距離だけれど、徒歩なら二時間くらいかかるかも。

普段一人でじっちゃんの家に行く時や、その近くにある高校に通う時には市内を走る路面電車、通称『市電《しでん》』を使っている。ただ市電は街中の方を走ってしまうから、海沿いの、このいい景色を見られないのは残念だ。

軽トラの助手席から海を眺《なが》める。気温は低いけれど陽ざしがあるから、海面が輝《かがや》いて一気に春の海になったみたいだった。

じっちゃんの古くて小さなピンク色の木の家は、観光で有名な大きな坂の近くにある。ゴールデンウィークなんかは車が走れないほどの観光客で溢れかえっている元町《もとまち》地区だ。

温泉街である湯川《ゆのかわ》の実家《うち》の方にも観光客がたくさん来るけれど、元町はその比ではない。

教会や観光スポットがたくさんあって、ノスタルジックでフォトジェニックな街並み、とガイドブックに書かれているせいかも。

元漁師だったじっちゃんは、年金暮らしをしつつ時々朝市でバイトをしていて、今朝も仕事をしてたんだから、きっと眠いはず。

「リツ、腹減ってねえか？　イカ飯炊《た》いてあっから後で食え」

なのに、いつものように優しい笑顔を覗《のぞ》かせて、私が来るのを待っていてくれた。

「父さん、リツの部屋二階でいいかい？」

「うん、掃除しといたから」

じっちゃんと父さんのやり取りを聞き、段ボールを持ち上げて二階へと運ぶ。

「じっちゃんはいいからね。腰悪いんだから座ってて」

手伝おうとしてくれたじっちゃんの気持ちだけ受け取って、これから二年は自室となる部屋へと荷物を運び入れる。

二階にある屋根裏のような部屋。屋根が急勾配で天井高もあるせいか、六畳よりも広く感じる部屋には、窓が一つしかないため少し薄暗い。

大正レトロ風な両開き窓は海側を向いている。ガタついてはいるけれど、ちゃんと開くみたい。

段ボールを端に置き、窓を開けると冷たい潮風がぶわっと入り込んできた。

「リツ、机運ぶどー！」

「はーい！」

階下の父さんの声に、また動き出す。その日一日で何度階段を往復しただろうか。

机とベッドは重たくて、父さんも私も終わる頃にはクタクタになっていた。

あんなに疲れたというのに、その夜はどうしても眠れなかった。部屋の壁にかけた時計の秒針が、やけに大きく聞こえる。

実家は漁港に近いため、毎夜潮騒《しおさい》が聞こえ、時期になればイカ釣り漁船のドッドッドッというエンジン音までが真夜中に響く。

その音で目覚める時は、うるさいなあと頭から布団を被って、そのうち、眠りの呼吸がエンジン音のリズムに合ってくる。気付けば朝が来てまた波の音で目覚めていた。

じっちゃんの家は、それに比べて静かすぎる。環境が変わったせいで、全く眠ることができず、静けさに目が冴《さ》えてしまった。

ベッドから起き上がりスマホを見たら午前二時だ。四時になればじっちゃんが起きて仕事に出かけていく時間となる。

素足では歩けないほどの床の冷たさに足がすくみ、持ってきていたスリッパを慌てて履《は》いた。それからベッドの上に置いていた、もこもこのロングカーディガンに袖を通して、窓際に置いた机の前に立つ。

机の上のネコ型電気スタンドのスイッチを入れたら、部屋全体がぼんやりとオレンジ色に染まる。

これは、去年私の誕生日に「可愛いでしょ」と母さんが買ってくれたもの。電気スタンドが欲しい、私がそう言っていたからだけど、思っていたのとは違った。これはこれで可愛いのだけれど勉強するには少し暗すぎるのだ。

カーテンを開けたら、冷たく澄《す》んだ空気で遠くに見える函館駅裏辺りの明かりが一際《ひときわ》輝いている。実家の窓から見えたのは、隣の家の栗《くり》の木だけ。景色はじっちゃんの家の方が断然いい。

しばらくそうして眺めていると、ひんやりとした外気が窓辺から広がり、慌ててファンヒーターを点《つ》けた。

眠れない夜には、出す宛《あ》てのない手紙を綴《つづ》る。右の引き出しにたくさん入っている便箋《びんせん》をビリッと一枚破いて、ひたすら綴るのだ。

いつもは書き終えたそれを誰にも見られないように、小さく小さく畳《たた》んでティッシュに包んで捨てていた。

だけど今日は違った。

一枚書くごとに涙が溢れて、二枚目を書いた。それでもやっぱり涙が止まらなくて三枚目に手を伸ばす。

その内じっちゃんが起きて、迎えに来た車で出かけていく音が聞こえて。新聞配達のバイクの音や、魚の移動販売のスピーカーから響く声が近づき遠ざかり、空が少しずつ白んできた頃。

ようやく、五枚に亘《わた》った便箋を折り畳む。封筒に入れて裏には自分の名前を書いた。宛名はない。

眠れぬまま朝を迎えてしまった。

じっちゃんの「ただいま」の声に階下に降り、朝市で貰《もら》ってきたヤリイカを捌《さば》き、まだ透明な身を刺身にし、すりおろした生姜《しょうが》を載《の》せる。

わかめとじゃがいもの味噌汁《みそしる》。それと冷蔵庫にあったトマトを切り、昨日母さんが持たせてくれた千枚漬けをちゃぶ台に並べ、じっちゃんと向かい合わせで座り「いただきます」と手を合わせる。

「リツの作った味噌汁、じっちゃん初めて食うけどよ？　なまら、うまいなあ。いい出汁《だし》だ」

「煮干し、使ったんだよ。あったからさ」

「理香子《りかこ》さんの味さ、そっくりだな。うめえなあ」

理香子さんとは、私の母さん。じっちゃんは母さんの漬物や料理が大好きだ。

「ばっちゃんにも用意したんだべ？　リツの味噌汁飲めるなんて、ばっちゃんも喜んでるべなあ」

隣の開けっ放しにしてある和室の奥に仏壇《ぶつだん》がある。じっちゃんがご飯をお供《そな》えしているのを真似して、今朝《けさ》は私がお供えした。

二年前に眠ったまま亡くなったばっちゃんとご先祖様に、お祈りをしながら謝ったのは誰にも内緒だ。茶の間から見えるばっちゃんの写真は、そんな私を見て怒っているような顔をしている気がして、直視できない。

「じっちゃん、ご飯食べたら寝るの？」

「んだな、十四時くらいまで寝るかも」

「ちょっと出かけるからさ、おにぎり作って置いておくわ。起きたら食べてね」

「リツ」

「うん？」

「じっちゃんは、まだ自分のことは自分でできるからさ。リツはじっちゃんに気を遣わないで好きなことしなさい。じっちゃんも自分で食いたい時に食いたいもの作るから、な？」

じっちゃんの優しさに触れたら、折角《せっかく》とめた涙がまた出てきそうだ。

うん、とだけ頷《うなず》いたら、ご飯を食べながらじっちゃんはアクビをした。朝早かったもんね、眠いに決まってる。

「じっちゃん。今日は寒いからさ、ちゃんと布団に入って休むんだよ」

わかった、わかった、と微笑《ほほえ》んだ目尻に皺が寄るその顔に、父さんの面影《おもかげ》が浮かぶ。

親子だもんね、よく似ている。

うめえなあ、とまた味噌汁をすするじっちゃんにも心の中で謝った。

結局じっちゃんは、私が出かけるまで起きていて「暗くなる前に帰ってこい」と見送ってくれた。

広い玄関の土間に置いてある真新しい赤い自転車は、通学用。先日父さんと一緒に買いに行ったもの。

自転車で出かけようかとも思ったけれど、まだ道路脇にある根雪が怖い。滑《すべ》ったら思いきり転《こ》けるだろう。

――痛いのは、嫌だ。

選んだのはバスでの移動。じっちゃんの家から坂を一つ下ったところにあるバス停に向かう。

二十分待ってやってきた平日の昼間のバスは、大して混んでおらず簡単に座れた。観光地を走るバスの一番後ろの席に座り、ゆっくり流れていく景色をぼんやりと見つめる。

遠くに見えた海は、昨日とは打って変わって、灰色の冬の海。強い風に煽《あお》られ、沖には白波が高く上がっている。

寒そうだな、なんて他人事《ひとごと》みたいに思う自分は、まだ覚悟が足りていないのかもしれない。

車内に目を向けたら、乗客はいつの間にか私だけ。

終点でバスを降り、少し歩くと道が二手に分かれていた。一本は真っすぐに延び、もう一本は下りの砂利道。私は迷わずに砂利道に足を踏み入れた。

坂の下から、潮の匂いが立ち込めてくる。

強い風に背中を押されて転ばないように、一歩一歩踏みしめながら辿《たど》り着《つ》いたのは、シーズンオフの人気《ひとけ》のない海水浴場だ。

本当にここで泳げるのだろうかというほどの磯浜で、大きなゴツゴツとした石が並ぶ。民家もほとんどなく、観光客がいない今の時期は、本当に寂しい場所だ。

私自身もここで泳いだことはないけれど、記憶の中、見覚えのある景色に足を踏ん張った。

ああ、やっぱり、ここだと思う。

あの時も確か季節外れで、寒くて、確か母さんと二人だったような。

痛いくらいにギュッと私の手を握《にぎ》りしめた母さんの顔。下から見上げたらとっても怖かった。泣きながら海を睨《にら》んでいた母さんの顔が怖くて、どうしたらいいのかわからなくて、それから……どうしたっけ？

あやふやな記憶だけど、あの日見た海も今日のように灰色で大荒れだった気がする。

遠い記憶を探りながら沖を眺めた後、ポケットの中にある、今朝方の手紙を確かめるように握りしめた。

沖からの一際強い潮風に、不安定な石の上で身体《からだ》を持って行かれそうになり、バランスを取ろうとしゃがみこむ。

とっさに隣の石に掴まって、その冷たさにヒャッと声が出た。指先が凍《い》てつくようにかじかむ。個人的体感温度は五度くらい。

その寒さに、どんどん揺らぎ始める決心。

もう少し天気のいい日でもいいんじゃないだろうか？

今日は曇天《どんてん》で寒すぎるし、もしかしたらまた季節外れの雪でも降るのかもしれない。

臆病《おくびょう》な自分の心が、決行しなくてもいい理由を情けなくも探し始めてしまった。

でも何も変わらないよ？　どうせ変える勇気もないでしょ。

このままでいいのなら、何食わぬ顔でじっちゃんの家に帰ればいいんだよ？

だけど、それでいいの？　また繰り返すよ？

少しだけ自問自答して、もう一度自分を追い詰める。

もう少し天気のいい日なら、近所の人も散歩に訪れるかもしれないよ。暖かくなれば観光客の姿も見えるかもしれないよ。

やっぱり今日でしょ？　今日しかないと思う……。

よし、と気合を入れ直し、ブーツと靴下を脱ぐ。コートも脱いで、もう一度持ち物を確認する。

荷物はICカード、小銭入れ、スマホ、そして手紙。それを全部コートのポケットにしまいこんでから、ブーツの横に畳んでおく。万が一にも飛んでいってしまわないように、コートの上には丸い大きめの石を重しにした。

ニットのワンピースの下に穿《は》いていたレギンスを、膝《ひざ》まで捲《まく》り上《あ》げてから。捲る必要あるかな？　と考えた。

どうせ全部濡《ぬ》れちゃうのにね、と自分の矛盾に自虐的《じぎゃくてき》な笑いがこみ上げてくる。

裸足《はだし》で踏みしめるゴロゴロとした石の痛さよりも冷たさに身が縮み、歩みが鈍《にぶ》る。

だけど、一歩一歩思いを踏みしめながら海へと向かう。

ねえ、母さん、何で私を産んだの？

どうして拓のことは可愛がるのに、私にだけは辛くあたるの？

『理香子の理の字を取って、理都につけたのよ』

母さんが赤ちゃんだった私を抱っこしている写真を見て、懐《なつ》かしそうに微笑み『リツはとっても可愛かったのよ』って教えてくれた。

そんな時もあったんだよね？　私のこと、可愛いって思ってくれてたこともあったんだよね？

脳裏に過るのは、母との葛藤《かっとう》ばかりだ。何が母の機嫌を損《そこ》ねるのか、わからないから困る。

テストの成績が、拓よりも私の方がいいと母は途端に不機嫌になった。

お弁当の日に見えたのは、赤と青の二つ並んだ弁当箱の中身。青い弁当箱にだけザンギが入っていて、卵焼きの形がキレイだった。

羨《うらや》ましいな、と私の目がそう言ってしまってたんだろう。

『何なの⁉　拓は男の子なんだから、あんたより食べるんだもの。文句があんなら今度から自分で作ればいいでしょや』

子供のように唐突に怒り出し、悔しそうに泣く母に私はいつも困惑していた。

ねえ母さん、私はそんなに嫌な子だったかな？

あの前日は洗濯物の干し方を私が変えてみたことがきっかけだった。

一度濡れたまま畳んでから干したら皺が伸びるってテレビで見て、試しにそうして干したのを、『ほら、見て！　母さん、キレイじゃない？』と嬉《うれ》しくて結果を報告したのがダメだった。

『母さんのやり方が気に入らないってかい！　嫌味ったらしいってば！　本当にあん

たは誰に似たんだか、可愛げのない‼』

そうしてまた母さんは、私に向かって吐いた言葉にハッとして、泣き出した。

私は誰に似たんだろう？　顔は父さんによく似ていると言われるけれど。

私も拓のように母さんに似ていたらよかった。そうしたら、母さんはもう少しだけ……。

波打ち際でも海の底が見えないほど、激しい波で泡立ち濁《にご》っている。

海藻の少なめな、滑らなそうな石を選んで、冷たい海の中に、恐る恐る右足だけつま先を入れた。

「っっ‼」

身を切るような冷たさとはこのことを言うのだろう。

つま先から頭の天辺まで痺《しび》れ、凍りつきそうになり身をすくめた。

戸惑って、でも冷たさに慣れなくちゃ、と踏ん張って左足も入れる。

痛い、冷たくて痛い……。全身が震え出し、足がすくむ。刺さるような痛みに後悔ばかりが襲《おそ》ってくる。

でも、もう引き返せない。これで楽になれるから、きっと。

ねえ、母さん……。私がいなくなったら、母さんはもう泣かなくていいんだよね？

胸まで浸《つ》かれば、一瞬で心臓も麻痺《まひ》してしまうだろう。足首だけでも気が遠くなってきた。

母さん、足が痛いよ、冷たいよ、どうして？

助けて、母さん、何で私にばかり冷たいの？

海の中、一歩進むたびに涙がボロボロと流れ出す。

痛いのは心？　足裏に感じるゴツゴツしたもののせい？　それとも海水の冷たさか。

あの手紙を読んだなら、母さんは『全部、私のせいなの!?　私のせいだっていうの？』と怒るかもしれない。

そうじゃない、そうじゃないけれど！

だったら私はどうしたらよかったのかな？　どう生きていけば母さんに受け入れられるの？　わからないよ、わかんなくなっちゃったよ。

だって私の顔なんか見たくなくて、じっちゃん家《ち》に捨てたんでしょう？　家族の中から弾《はじ》かれたんでしょう？

膝の裏まで海水に浸かったあたりで、意識が少しずつ朦朧《もうろう》としてきた。

全ての血液が流れを止めてしまうような感覚、そして酷《ひど》く眠い。

やっと楽になれるのかな。楽になれるんだよね？

ごめんね、母さん。

終わりが近づく予感の中、目を瞑り一気に波の中に身を投じようとした、その時だった。

「……やとー！　おーい！　電話鳴ってるって、あやとー！」

人の気配がなかったはずの海水浴場でそんな声が響く。

その声にギョッとして、真っ白になりかけていた意識が現実に引き戻される。岸辺を振り返ると、右手には私のスマホ、左手にはあの手紙、それを持ち大きく私に手を振りながら。

「あやと、電話鳴ってるって、ホラ！」

笑ってこちらに近づいてくる見知らぬ男の子の姿が目に入った。

ってか、あやとって誰⁉　もしかして理都《りつ》を、あやとって読んでる⁉

「あ、あやと、じゃないってば！」

慌てて手紙とスマホを取り返しに踵《きびす》を返した瞬間、冷たさで麻痺していた足がもつれ、海の中に四《よ》つん這《ば》いで転んでしまった。

「冷たいっ！」

最悪だ、意図せずに太ももと二の腕まで海水に浸かってしまう。

「大丈夫？」

海の中で跪《ひざまず》いたまま声の主を見上げたら、手紙を持つ左手にスマホを持ち替え、空《あ》いた右手を私に差し伸べてきた。

見下ろすその顔に能天気な微笑みすら浮かんでいるところを見れば、今がどういう状況なのかわかってはいないようだ。

この手に掴まったら負けな気がする、という妙な対抗意識から、自力で岸に上がる。

もっとも、知らない人間にこんな無様《ぶざま》な姿を晒《さら》している時点で十分負けている気もするけれど。

「返してよ」

スマホと手紙を、と寒さで震える右手のひらを上に向け、彼に突き出すと。

「ハイ、どうぞ」

ニッコリ笑った彼がくれたのは、スマホでも手紙でもなく、まだ蓋《ふた》の開いていない温かい缶コーヒーだった。

何の冗談？　全然笑えないんだけど！　睨み上げても全然動じてなさそうで、腹が立つ。

いつもより私が強気なのは、彼の話し言葉を聞いたからだ。

イントネーションが違う。地元の人ではない。聞く限りでは標準語、つまりは観光客だ。

「いらない」

「え？　だって寒いでしょ？　さっき買ったばっかだし温かいよ？　どうぞ」

「そうじゃなくてさ」

「ん？」

「私のスマホと手紙、返してって言ってんの‼」

ん？　コレ？　と自分の手に持っているものを見て「どうしようかなあ」とふにゃりと笑いながら首を傾《かし》げている。

は？　どうしようって、それは私のだし！

「さっきさ」

そう言ったまま、しばらく何も言わなくなった彼を睨むと。

「死のうとしてたり、しないよね？」

その言葉に凍り付く。

柔らかな笑みを浮かべたままだけど、その目は全然笑っていなかった。私の心の奥底まで見透かしているような視線に、耐え切れず俯《うつむ》いた。

「そんなこと、してないし」

波の音でかき消されそうな呟きは、目の前の彼にだけは聞こえたようだ。

「じゃあ、これは遺書《いしょ》じゃないよね？」

ニヤリと笑った彼は躊躇《ちゅうちょ》せず、封筒をビリビリと破り開けだす。

「止めて！　返してよ！」

手紙を奪おうとしたら、ニッと笑って一つ後ろの石へと飛びのく。負けじと近づければ今度はピョンピョンと岩場を跳ねながら私から遠ざかっていく。

裸足の自分じゃそれに追いつけない。少し遠のいた石の上で彼は、封筒から便箋を取り出した。

「え〜っと？　母さんへ？」

「止めてよ‼」

私の怒鳴り声にこちらを一瞥《いちべつ》した後、声に出して読むのは止めてくれたけれど。

一枚目、そして二枚目と手紙を捲《めく》っている手は止めてくれない。さっきまで浮かんでいた笑みは、三枚目にかかる頃にはすっかりと鳴りを潜《ひそ》め、眉間に皺が寄っている。

四枚目を読み終えるまで、私が目の前まで近づいたことにも気付かないほど、真剣に読んでいたようだ。

「もう、止めて、お願いだから」

力無く訴《うった》える私の声に、彼は「わかった」と封筒の中に手紙を戻してくれた。

「名前は、えっと？　あやと、じゃないんだよね？」

「……、リツ」

「じゃあ、リッちゃん」

初めて会った男に馴《な》れ馴れしく「ちゃん」付けで呼ばれるのに顔をしかめたら。

「リッちゃんが死んだって解決しないんじゃないの？」

近くで見たら年は私と変わらないぐらい？

解決しないことなんか、知ってる、わかってる。なんで、初対面で同じくらいの年の人にそんなこと……。

「手紙に書いてあったようなこと、お母さんに話したことある？」

「言ったって変わるわけないもの」

「なんで？　一度ぐらい言ったらいいじゃん、お母さんに弁解のチャンス与えずに文句だけ投げつけて自分一人死ぬの？　楽になろうって思ってるでしょ？　残された周りのことなんか何も考えてないんじゃない？」

「そんなの言われなくたって、わかって――」

「わかってない、全然わかってない！　残された人がその後どんな思いで生きていくかなんて。自分にできたことがあったはずなのに気付けなかった、って一生後悔するんだよ！　もしかしたら気付いて助ける機会があったかもしれないのにって。大丈夫だよ、なんていつも笑ってたりなんかしたら尚更ね。まだ、大丈夫、って周りは思っちゃうんだから！　リッちゃんは、友達や他の家族にそういうヘルプ出したことある？　きっとないんでしょ？」

助けて、なんて言えるわけがない。初対面のこの人が私の何を知ってるって言うの？　何も知らないくせに！

「あんたに何がわかるのさ！　自分でも親に嫌われてる理由もわかんないし、どうしたら好かれるかもわかんない！　友達に相談したら、母さんが悪く言われるっしょや！　あんた、うちの母さんのこと何も知らないでしょ！　優しい時だってあるんだからね？　よそから来たくせに人の家の事情に首突っ込むな！　迷惑だ！　なして勝手に手紙読んだのさ！」

さっきの海水のせいで、頭の中が漏電《ろうでん》してショートしているんじゃないかな？

私はこんな大きな声で支離滅裂《しりめつれつ》なことを喚《わめ》いたり叫んだりしたことなかった。

まるで自分じゃないみたいに、溢れ出した想いを止められない。

いつ以来だっけ？　こんなに声を出したのは。

自分の中では絶叫に近いほどの声量だったからか、言い終えた後、目の前が暗くなり呼吸が荒くなった。息継ぎもせずに叫んだせいか、立ちくらみを起こしてるみたい。

岩場にしゃがみ込み、抱えた膝に顔を埋めた私の頭に、何か温かいものが載った。

「朝陽《あさひ》、朝昼晩の朝に太陽の陽って書いて朝陽って言うの、俺の名前」

どうやら頭の上に載っているのは、朝陽というこの男の手のようだ。

動物か子供でも撫《な》でるように優しく、いたわるようなその手つきに、目頭《めがしら》が熱くなって涙がこみ上げてくる。

「ねえ、リッちゃん、俺と友達になってくんない？」

絶対やだ！　と顔を伏せたまま首を振ると、「え～っ」と少しも嫌がってはいない笑っているような声が聞こえた。

「なってくれないと、この手紙、どこかにアップしちゃおっかなあ」

「ちょ、何考えて！」

顔を上げたら、すぐ目の前にあのふざけた笑顔があって私を覗き込んでいた。

「春休みの間だけでいいから友達になってよ。で、函館案内してくれない？」

「なんで私がそんなことしなくちゃ――」

「ん？　だってリッちゃんは俺に弱みを握られているでしょう？」

いたずらっ子のように目を細めた彼は口元に笑みを浮かべると、手に持っていた私の手紙を自分のコートの胸ポケットにしまい込んだ。

「ちょっと！　返してよ！」

掴みかかろうとした私の手を軽々と手繰《たぐ》り寄せて。

「返すよ、春休みが終わる前に。リッちゃん次第だけどさ？」

言うなり、手を引かれバランスを失った私は彼に抱きしめられた。

待って、何コレ⁉　十六年間生きてきて、こんな状況一度もなかった。だって彼氏なんかできたことないもの‼

「離して、触らないで！」

彼は胸の中で暴れる私を逃がさないように強く抱きしめて。

「俺はきっとリッちゃんに呼ばれてここに来ちゃったんだよ。だから絶対に死なせないから、死なないで？　リッちゃん」

――今、思うとその時の朝陽は自分の泣き顔を見られないように、私を抱きしめていたんじゃないかな？

だって私を抱きしめてくれた腕は力強いのに震えていたから。

出逢った日の朝陽の言葉には、たくさんのヒントが隠されていたんだよね。

それなのに、私は自分のことばかりで、それを忘れてしまっていた。

朝陽が、あの日あの海にいたことは偶然なんかじゃなかった。

ねえ、きっとそうだったんでしょう?


倉田《くらた》朝陽、十六歳。東京の高校に通う四月から高二、同い年だったみたい。

春休み中は函館のいとこのところに遊びに来ていて、ガイドブックを片手にあの場所を訪れて、偶然私を見つけたのだという。

デニムの後ろポケットに入っているスマホのSNSアプリの通知が、さっきからブーブーうるさい。

多分また朝陽だろう。夕方帰宅してから何度もくだらないメッセージが届く。

「リツ、電話鳴ってんど? 友達からでないのかい?」

「うん、いいんだ。たいした用事でもないから」

そういえば最初に朝陽が言っていた『電話が鳴っている』は嘘《うそ》だった。

着信履歴には何もなくて、私の注意を引こうとしたんだろう。

◇◇◇

「リッちゃん、ＳＮＳのＩＤ交換しよ」

「やだ」

「リッちゃんってばさっきから、やだやだばっかり。まあ、女の子はそういうのも可愛いと思うけど」

私を抱きしめたことといい、その言い草といい、東京の男はダメだ。とんでもないタラシだ！　軟派《なんぱ》な男だ！　テレビで見るような軽い男ばっかりだ、きっと！

朝陽がその代表みたいなもんだろう。

薄茶色の髪の毛はパーマなのか、くしゅっと毛先を遊ばせていて、着ている服も何だか東京の人ですって感じでお洒落《しゃれ》だし、可愛く整った顔立ちをしている。実はモデルって言ってもおかしくない気さえした。

でも私はそういうの好きじゃないもん。男の人は優しくても口がうまくなくて、ちょっとぶっきらぼうな感じがいい、父さんみたいな。

ふんっと軽蔑《けいべつ》するように顔を背《そむ》けたら。

「まあ、やだって言うなら仕方ないけどさ？」

言葉とは裏腹に自信ありげにニヤリと笑うのは、手紙を人質に取っているからだろう。

絶望のため息の中で渋々ＩＤ交換をさせられた。

「時々生存確認するから返事してね？　拒否ったらどうなるかはわかっているとは思うけど？」

「……」

「って、ことでさ、リッちゃん。明日は大沼《おおぬま》に案内してくれる？」

「はぁ⁉　函館って言ったっしょ？　大沼は市内じゃないからね？」

「でも、ほら見て？　ガイドブックに載ってるの！　行きたいなあ、いい景色だもんね、ねえリッちゃん」

ふにゃりとした微笑みの向こうに見える圧力、私はそれに屈したのだった。

◇◇◇

『リッちゃん、もう寝た～？』

寝る間際まで、日に何度も朝陽は私にメッセージを送ってくる。

明日はどこに行きたい、何を食べたい、と。私よりも朝陽の方がこの街に詳《くわ》しいんじゃないかと思うほど行きたいという場所が多かった。学校が始まるまでのたったの五日間、それは私の人生の中で一番色濃いものだった気がする。

初日、大沼に行くために函館駅前の赤いモニュメントで待ち合わせをした時はとっても緊張した。

彼氏いない歴イコール年齢の田舎《いなか》の女子高生が、モデル雑誌から飛び出してきたような東京の男の子と二人で観光地に行く。生まれて初めてデートみたいなことをするのだ。

そんな一大行事に緊張しない方がおかしいと思う。

「お待たせ、リッちゃん」

現れた朝陽を見て、ほら、やっぱりと小さいため息をつく。

東京の人というのは、立っているだけでお洒落に見えてしまう。

私だってダサイと思われないように持ってる服の中でそれらしく今どきコーデにしてみた。でも、こうして並ぶとやっぱり朝陽は垢《あか》ぬけていて、私は田舎の人。自分を卑下《ひげ》してしまいそうになるのに。

「やっぱリッちゃん、可愛いなあ！　ちっちゃいから何着ても可愛い」

よしよしと私の頭を撫でる手から必死に逃れた。

どうせ私の身長が百五十センチなことをバカにしてるんでしょうが？　めちゃくちゃ腹が立つ！

百七十五センチ以上はありそうな朝陽の顔をふくれ面で睨み上げたら。

「ほら、その顔も可愛いもんね」

両の頬っぺたをムギュウと挟まれてパンパンだった空気を抜かれてしまう。

この人スキンシップ多い、多すぎる！

こんなところ、学校の誰かや知り合いにでも見られたら？　と周囲を警戒する私と違って、朝陽はマイペースだった。大沼行きの鉄道に乗ろうと切符売り場に向かう途中、駅弁コーナーで立ち止まっちゃうし、何かにつけて記念撮影をしたがる。

私にはそこにあって当たり前の物が朝陽には珍しいようだ。

四十五分間の列車の旅、見慣れた景色を薄ぼんやりと見る私の真向かいでは、目をキラキラさせて身を乗り出して、それを楽しむ同い年の男の子。『楽しそうでよかった』と思うのは、私の中にある地元愛のせいなんだろうか。

私にとっては日常にある景色、いつもと変わらぬ人の言葉、街の匂い。自分の生まれ育った街を楽しんでくれる様子を、こうして間近で見ているのは嬉しく思えるんだ。

　あんなことがあった翌日だというのに、そういった感情が湧《わ》いて出ることに不思議な気持ちになる。

　大沼・小沼湖《こぬまこ》を周遊する三十分の遊覧船に乗りたいと朝陽は言っていたけれど、残念ながら冬場は休みで四月半ばからじゃないと動かない。仕方ないと、遠くに霞む駒《こま》ケ岳《がたけ》を眺めながら近くのベンチに腰を降ろす。

　幼稚園や小学校の遠足や、家族での少しの遠出によく来ていた場所で、すっかり見慣れているはずなのに、出会って二日目の人と見る景色はなぜか新鮮に思えた。

　いつ来ても穏やかな場所、緑がいっぱいで静かで私は好きだ。晴れててよかった。昨日よりも最高気温は五度も高いらしくて、陽の光にホッとする。

「リッちゃんの通っている高校ってどんな感じ？」

「どんなって、東京の高校と比べたら小さいんでない？」

「一学年何クラス？」

「六クラス」

「俺の通ってる高校も同じだよ。そんな変わりないね。可愛い子は多い？　リッちゃんみたいな」

「可愛い子はいっぱいいるさ。私なんか下《げ》の下《げ》の下《げ》だよ」

「ええ？　リッちゃん以上の可愛い子がいっぱいなんて、すごいよ！　東京でもそんな学校ないと思うよ？」

遠くの島を眺めていた朝陽がこっちを見てニコッと笑う。

「東京の人って皆、あんたみたいなの？」

「へ？」

「軽いと思う」

誰にでも可愛い可愛いって言うんだろうな。こっちは言われるたびに、一瞬真《ま》に受けそうになってドキドキしてしまうから余計に腹が立つ。

「ええ？　俺軽くないよ？　本気で言ってるのになあ、傷ついた……。それに『あんた』はやだよ、リッちゃん。朝陽って呼んでよね？」

「……、無理」

「そんな即答しないでよ！　泣きそう、何か今すっごく悲しい」

全然泣きそうじゃない顔で私をじっと見つめている。そう、あの圧をかけてくる微笑みを浮かべて。

「朝陽って呼んでくれる？　リッちゃん」

小首を傾げる朝陽だけれど、私にはその言葉は『呼んでくれなきゃどうすると思う？

リッちゃん』に聞こえた。

「……、朝陽、くん」

「くん、いらない」

「朝陽！　これでいいんでしょうや！」

「よくできました！　はい、ご褒美《ほうび》！　リッちゃん」

あーんと、私に食べさせようとしているのは大沼名物の沼《ぬま》の家《や》の大沼だんごだ。

箱の中には、串《くし》にささっていない、みたらしと餡子《あんこ》の団子が、半々にギッシリ敷き詰められている。さっき『美味《おい》しそう』と朝陽が購入したものだ。

爪楊枝《つまようじ》に刺さった餡子の団子、じっとそれを見て私は口を閉じた。

「ええ？　何で？」

朝陽の残念そうな顔を見て思わず。

「……餡子、苦手なんだもん」

「そういうこと⁉」

プッと噴き出した朝陽は刺さっていた餡子の団子を自分で食べて、それからみたらし団子を取って。

「はい、どうぞ」

素直に口を開けてしまった後で、この状況が相当恥ずかしいことだと気付いた。みたらし団子の甘じょっぱさが口の中で広がる。小さい頃から何度も食べている味なのに、今日のは何だか特別美味しい。

「美味しいよね！　餡子も美味しいから、いつかまた一緒に食べよ」

嬉しそうに私に味の感想を求める朝陽の目をちゃんと見ていられない。

いつかなんて……、そう思いながらも頷いて反対方向へと顔を背けた。

こうして初日は大沼、二日目は五稜郭《ごりょうかく》、今日は函館山《はこだてやま》へと朝陽に付き合わされ続けている。

真昼のロープウェイは夜よりも断然空《す》いている。ただ寒い、今日はなまら寒い。春なんて絶対に名ばかりだ。

函館山はいつもそこにあるから「登るぞ」と思ってここに来たことはない。

遠足の時や、昔家族で登ったことがあったかな、くらい。

久しぶりに登ろうとして思い出したのは、ロープウェイの山麓駅に『ＦＭいるか』というラジオのオープンブースがあること。中には、パーソナリティーらしきお姉さんとお兄さんがいて、私と朝陽に気付くと親指をピッと立てた。

『デート、楽しんでね』の口パクとハートマークを指で作って私たちに微笑んでる。

違う、違うと慌てて首を振る私と調子に乗って私の肩を抱き寄せた朝陽。

離れて、と必死で抵抗を見せる私を見てお二人はずっと笑っている。

恥ずかしくて、そこから逃げるようにロープウェイに乗り込んだ。

春とはいえ、寒い。展望台から見下ろす函館の街も寒そうだ。

「朝陽、わかる？　扇に広がった先の、少し左側にあるタワー」

「うん？」

「昨日行ったとこだよ、五稜郭タワー」

「へえ、ここから見えるんだ！　夜景しか見たことなかったから昼間の景色もいいね、函館って」

昼間、夕方よりも少し早い時間に家に帰れるようにと朝陽は気遣ってくれた。

じっちゃんと二人暮らしで、できるだけ春休みの間は夕飯の支度《したく》もしてあげたい、という私の事情を朝陽が理解してくれたから。

「そういえば朝陽のいとこって何歳なの？」

「ん？　同い年だよ、部活ばっかやってんの！　全然遊んでくれない」

「仲悪いの？」

「まさか、どっちかっていうとめちゃくちゃ仲良しだよ。大好き」

大好き？　もしかして、いとこって。

「あー、その目！　男だよ、男！　リッちゃん、ひょっとして今ちょっと妬《や》いてくれてたり」

「違うよっ！」

妬いたとかそんなんじゃないもん！　ムキになる私の話なんかスッと流されて話はまた戻っていく。

「リッちゃんは部活やってる？」

「やってない、けど」

「けど？」

「時々手伝いに行ってるの、友達がサッカー部のマネージャーで」

「サッカー部⁉」

「何？」

突然サッカーに反応した朝陽に驚く。

「いや、うちのいとこもサッカーやってんの。だから」

「そうなんだ！　私は試合とかには行かないから、他校のサッカー部のこととか全然知らないんだけど。私の友達は朝陽のいとこと会ったことあるかもしれないね」

東京の高校生との小さな小さな接点。知り合いの知り合いになるのかもしれないなってお互いに気付いて笑った。

「朝陽はやらないの？　サッカー」

「う〜ん、やってたこともあるよ。もう辞めちゃった」

「なんで？」

「下手だったから」

私の質問に食い気味に返事をした朝陽。遠くの方を見下ろす横顔がほんの一瞬真顔になった気がする。

「わかった、毎日遊びたいからでしょ！　原宿とかで」

何となく話を変えなきゃと、必死に考えた冗談に。

「東京の高校生、全員が放課後、原宿にいるわけないでしょ？　リッちゃん、酷い偏見！」

呆《あき》れたように笑うその顔がいつも通りで安心した。

四日目は元町周辺を巡《めぐ》る。家の近くだし、高校も近いから同級生に見つかったらどうしようかと目深《まぶか》に帽子をかぶってたけど、誰にも会わずに済んだ。

そうして最終日は市電で函館市内を見て回りたいとの朝陽からのリクエスト。

この四日間私は実によくその要望に応えてあげたと思う。もちろん人質に取られた手紙を取り返すため、あくまでそれだけのつもり！　だった。

でも、朝陽と話をしていると、不思議と気持ちが軽くなるのに気が付いている。この数日、眠れずに手紙を書くことも、一人で思い悩むこともなかった。

もしかしたら朝陽は、少しでも私の心を母さんのことから逸《そ》らしたかったんじゃないだろうか。

朝陽との関係性が、私には楽だったんだ。最初から人に一番知られたくない自分を見せてしまったのと、彼がいずれ東京に戻っていってしまう人だから。

いなくなってしまう人の前では、自分の気持ちを考える暇もなく言葉に出せた。

『リッちゃん、生きてる〜？　今日も楽しかったよ、ありがとう‼　リッちゃんオススメのチーズスフレが美味しすぎて、いとこと取り合いになっちゃった！　明日もよろしくね』

朝陽のことを考えていたら、今夜も笑顔スタンプ満載のメッセージが届く。

『生きてるよ、明日の待ち合わせ場所と時間、どうしよう？』

朝陽がお世話になっているという、いとこの家。

市電のどつく《どっく》駅に近い停車駅みたい。

歩いてそこまで行ってあげようかな。返事を待つ間にそんなことを考えていたら、急に電話が鳴り出した。

　朝陽からだろうなと推測して、誰からの表示かも気にせずに出た瞬間。

『リツ？　あんたの制服、洗濯から返ってきてるけど、どうすんの？』

　不機嫌そうなその声に忘れかけていたものを思い出して、一瞬黙り込んでしまった。

『リツ？　聞こえてんの？　リツ！』

　母さんは何も答えない私にただ確認をしているだけなのに、矢継ぎ早に責め立てられているようで胸がざわざわとしてくる。

「聞こえてるよ、明日取りに行くね」

『何時頃来るの？』

　早めに済ませてしまえば朝陽とも会えるかな。

「朝のうちに行くから」

『わかった。したら、待ってるわ』

　電話を切った後、襲ってくる言い知れぬ不安感。

　数日ぶりに感じた暗闇に落ちかけた瞬間、メッセージ音にビクッとした。

『何時にしよ？　朝から行っちゃおっか！　俺、リッちゃん家に近い停車駅まで行くから』

朝陽だったことにホッとした。あの笑顔を思い出したら落ちずに済む。

『あのね、明日――』

私の打った返事に、すぐに朝陽からの電話が鳴った。

「おはよう、リッちゃん！」

いつから待っててくれたんだろう。寒さで少し鼻が赤くなってる朝陽が、私の姿を見つけて笑顔で手を振っている。

「おはよ、早くから付き合わせてごめんね」

ポケットに手を突っ込み、寒そうなのに我慢して笑っているから。

「あげる」

朝陽のポケットにカイロを突っ込んだ。

「リッちゃんだって寒いでしょ？」

「道民なめんでないよ、全然平気だから」

遠慮する朝陽に、平気だと何の根拠もない見栄《みえ》を張った。嘘だ、道民だって寒いもんは寒い。

◇◇◇

『あのね、明日、ごめん。急なんだけど、朝イチに実家に物を取りに行かなきゃなんなくてさ、待ち合わせは十時くらいでもいいかな？』

そう返信したらすぐに朝陽から電話がかかってきた。

『リッちゃん、何忘れたの？』

「制服……、洗濯に出してたままだったの。さすがにそれは取りに行かないと明日から学校行けない」

ため息と苦笑いを零《こぼ》したら。

『ならさ、九時に待ち合わせて一緒に行こう、リッちゃん家』

「ダメダメ、朝陽を連れてくのは」

『大丈夫、家にまでは行かないよ。お母さんと会った後のリッちゃんが心配なだけ』

「大丈夫だよ」

大丈夫、私は大丈夫。仮面モードの自分が顔を出す。

『嘘つき、全然大丈夫じゃないくせに』

朝陽は私の心を映す鏡でも持っているのじゃないだろうか?

「うちの近くにね、美味しいお弁当が売っているお店があってね」

『うん』

「おごるね、なまら美味しいから朝陽に食べてほしい。函館でしか売ってないから」

後一日で朝陽とはサヨナラなんだ。たった五日間だったのに、今までの人生で関わった人の中で、一番私のことを理解してくれた人だ。

『リッちゃんのオススメなら絶対美味しいに決まってる! めっちゃ、楽しみ』

朝陽が明日ついてきてくれることが心強かったから、私はその言葉に甘えることにした。


朝陽は寒い中、実家に行ったままの私を二時間近くも吹きさらしの浜辺で待ってくれていた。

「ごめんね、遅くなった! 寒かったよね、朝陽。本当にごめん!」

大きな流木に腰かけて沖を眺めていた朝陽は、駆け寄った私に気付いて立ち上がる。

「リッちゃん、目腫《は》れてるじゃん」

あーあ、と困った顔で私の頭を撫でてくれた。

「大丈夫」

「大丈夫じゃないでしょ」

気を抜いたらまた涙が落ちてきそうだから、優しくしないでほしい。

「朝陽、ハイ！　買ってきた！　ハセガワストアのやきとり弁当、昨日言ってたやつ‼」

「あ！　俺の大好物、やったあ」

「え？　食べたことあんの？」

「うん、いとこも好きで食べさせてもらったことある」

「なんだ、残念、もう知ってたのか」

「リッちゃんの分は？」

「買おうと思ってたんだけどさ」

ハハッと笑ってみせて、制服の入った大きな紙バッグとは別に、手にした大きなエコバッグから弁当箱を取り出した。

「ん？　何それ？」

「うん、母さんお昼ご飯作って待ってたみたいでさ。それでケンカになったの」

「どういうこと？」

「夕方まで私が家にいると思ってたみたいでさ、私の好きなものたくさん作って待ってたんだわ」

母さんは珍しく機嫌がよくて、「ただいま」と玄関を開けた私を「おかえり」と笑顔で出迎えてくれた。

玄関ホールには制服の入った紙バッグが置かれている。

「これだよね？　母さんから電話なかったら明日慌ててたわ、ありがとう」

家に上がらずにそれを持とうとした私に母さんは。

「じっちゃんにおかず持ってってね、いっぱい作ったし」

と背中を向けてキッチンに入っていってしまったから、私も続いて家に上がることになる。

気温はそんなに高くないし、夕方までに帰るし持って歩いても平気だな、少し重いけれど。

「煮しめと、赤飯とさ。昆布巻き、後ザンギもあるから」

テーブルいっぱいに広がったおかずの数々は、私の好物ばかりだった。朝から作ってくれていたことに嬉しくなる。

「お昼も食べていくでしょ、こんなにあるんだし」

母の笑顔に私は返事をつまらせた。

「そっからもう、わや！」

「わや？」

「あ、えっと、わやってのは、すごかった？　修羅場《しゅらば》？」

食べながらでいいよ、と朝陽の座ってた流木に並んで腰かけて膝の上に弁当を載せた。

「友達と約束があるから、すぐに帰らないと、って言ったらさ」

「うん」

「せっかく待ってたのに！　久しぶりに家に帰ってきたのに、そんなに母さんの顔見るの嫌なのかい？　って」

「リッちゃんは何て答えたの？」

「違うよ、嫌なんじゃないよ、ただ今日は最初から用事があったんだよ、って。したらさ、嘘なんでしょ、どうせ来たくなかったけど、仕方なく来たんでしょ！　さっさとじっちゃん家に帰れば？　しばらく戻って来なくてもいいように忘れ物しないようにね、って」

泣きながらしばらく怒鳴っていた母さんは「あんたの顔、見てるのも疲れるわ」と自分の部屋に籠《こも》ってしまったんだ。

「夕飯の分と、お昼分の自分の弁当に詰めてもまだ余ってたわ、テーブルの上に。悪いことしたよね、最初からすぐ帰るって言っておけばよかったね」

話をじっと聞いていた朝陽は、私の膝の上に載っていたまだ蓋の開いていない弁当箱を取り上げた。

「リッちゃん、チェンジして？　函館の人の作るおかず大好き」

と、私の膝にやきとり弁当を載せた。

「めっちゃ美味しそう、いただきます！」

蓋を開けて昆布巻きに食らいついている。

「うまいっしょ？」

「うん、リッちゃんのお母さん料理上手！　なまらうまい」

下手くそな北海道弁でふにゃりと笑って。

「リッちゃんも悪くないし、お母さんも悪くないよ」

「うん？」

「言っておけばよかったってリッちゃんは言うけれど。最初から『お昼作って待ってる』ってお母さんが言ってたらリッちゃんだってそのつもりで行ったでしょ？　それにお母さんだって、リッちゃんと久しぶりに顔を合わせるの楽しみにしておかず作って待ってたんでしょ？　だったらどっちも悪くないべさ」

「……イイコト言ってくれても、最後の下手くそなべさで全部消えるから！」

「北海道弁、難しい」

真面目に悩む朝陽に苦笑した。

わかってる、朝陽の言いたいことは正論だ。ただ正論が母さんには通用しないから諦めるしかないのだ。

でも今日の母さんの気持ちは何となくわかる。私に少しだけ優しくしたかったんだってことは、あのテーブルに広がったおかずの山でわかったから。それに応えてあげられなかったことに申し訳なくなる。

「なんで、焼き鳥なのに豚なんだろうね？」

「え？　焼き鳥は豚でしょ」

「それ函館とか、一部の地方だけみたいだよ？」

「嘘だ、んなわけないべさ」

焼き鳥を串から外そうとしていたら、朝陽は一本取って、代わりに母さんのザンギを載せてくれた。

「交換！　唐揚《からあ》げ、なまらうまいよ？」

「唐揚げじゃありませーん、ザンギって言うんです！」

「あ、そうだった、忘れてた！」

「後、訛《なま》らないでよ！　標準語に北海道弁入って何か気持ち悪いから」

「気持ち悪いって、酷いよ、リッちゃん」

イジけた朝陽を尻目にザンギを噛みしめた。母さんの作るものは、なまらうまい。なんでもうまいから、涙が出そうになる。

一緒にそれを味わってくれる朝陽がいてよかった。一人だったら、泣いてた。

「赤飯に甘納豆入れるのも北海道だけだって知ってた？」

「嘘だ⁉」

私が常識だと信じて疑わなかった世界も、よその人から見たら常識じゃないってことが、たくさんあるのかもしれない。

「朝陽の学校は、明後日《あさって》から始まるの？」

「多分ね？」

「大丈夫？　ちゃんと確認しないと大変だよ？」

お弁当を食べ終えても尚、移動しないままで海辺にいた。指先がかじかむのに砂を掘り、湿った部分で山を作ってみたりして。

「東海の小島の磯の白砂にわれ泣きぬれて蟹《かに》とたはむる、って知ってる？」

「石川啄木《いしかわたくぼく》？」

「あれ函館の砂浜って言われてるんだよ。この近くに啄木の公園もある」

「へえ？　知らなかった！」

結局どこかに移動するわけでもなく、一日ここにいることになりそうだ。

この砂浜は昔、海水浴場だった。今は遊泳禁止になってしまったけれど、私が毎年、拓や父さんと泳いでいた場所だ。

「リッちゃんは親友とかいる？」

「多分、いる」

「多分って？」

「ん～、私は親友だと思ってるんだけど、あーちゃんはどうだろ？　友達多くて元気な子だからさ、私以外にも仲良い人いっぱいいるんだわ。したけど、私は大好き」

「あーちゃん？」

「うん、一番仲良くしてくれてる人」

「そっか、なら学校は楽しい?」

「……、うん」

楽しいかどうかはわからない。

だって朝陽のように本音で話せる人は誰もいない。あーちゃんにだって話せない、家のことだけは。

クラスでの私の存在は『いてもいなくてもいい人』な気がする。

「朝陽は友達いっぱいいそうだよね、いつも皆の中心にいそうな人」

「へ?」

「違うの?」

朝陽には賑《にぎ》やかなグループが似合う気がする。女の子からも男の子からも人気があっていつもワイワイしてて、クラスの中心的な子。

そう考えたら朝陽って、奏太《かなた》くんぽいかもしれない。

あーちゃんの幼馴染《おさななじみ》で隣のクラスのかっこいい人。サッカーがうまくて明るい奏太くんのことを思い出した。きっと朝陽もあんな感じで人気者なんじゃないかなあ?

「どうだろ。あんまりモテないよ?」

朝陽は私から目を逸らし、砂山に棒を差しこんで一人棒倒しを始めた。

「彼女とかいっぱいいいそう」

「いっぱいいって何だよ、今はいいません」

「今はってことは、前はいっぱいいいたんだ」

「いっぱいじゃないってば。何なの？　俺の印象って」

クックックと陽気に笑う朝陽だけど、時々それが嘘に見えることがある。

「リッちゃんが新しい彼女になってくれる？」

「絶対やだ、軽い人無理」

振られちゃった、と笑うその目の奥が悲しそうに見えた。

夕方まで砂浜で遊び、市電の停車駅まで歩くのが面倒になり、目の前にあるバス停から駅までバスに乗って帰ることにする。

少し遅くなるけど、母さんからご飯もおかずも貰ってきたから作らないで待っててね、とバスに乗る前にじっちゃんには電話をしておいたから安心だ。

二人掛けの椅子、私の膝の上には制服の紙袋。朝陽はおかずの入ったエコバッグを膝に載せてくれる。厚手のコートも着ているし何だかギュウギュウだ。

「例えばさ、リッちゃん」

漁火通りの夕暮れ時、窓際に座り車窓から海沿いを眺めていた私は朝陽の声に我に返る。

「うん？」

「俺がずっと側にいたら楽しいだろうなって思う？」

朝陽が側にいたら？　そんなこと考えたことがなかったから沈黙してしまうと。

「何かショック！　リッちゃんは俺が帰っても寂しくないってこと？」

「や、そうじゃないよ？　まあ、話し相手がいなくなって寂しくはなると思う」

「じゃあ、また会いに来てもいい？」

「えっ？」

「だって、リッちゃんは函館で初めて出来た友達だからさ。また会いたい」

「……、うん、いいよ」

私も、だ。朝陽に、また会いたい。

「やった！　じゃあ、すぐ会いに来るから」

「なに？　ゴールデンウィークに来るの？」

「内緒、連絡するし！　約束だよ？」

差し出された約束の小指、ためらいながら絡めたら朝陽はニッと笑って。

「ずっと側にいたら、リッちゃんは俺のこと好きになってくれるのかな？」

とんでもないことを真顔で呟いた。

「なんない！　絶対なんない、軽い人好きじゃないもん」

「軽くないってば！」

慌てて顔を背け窓の方を見たら、朝陽の顔が反射していて。その目が私をじっと見つめていたから、窓越しに視線が交差する。

困るよ、そんな目で見ないでよ。明日帰っちゃうくせに。

「朝陽とはずっと友達でいたい、何でも話せる」

小さく呟くと朝陽が苦笑した。

「仕方ない、友達でいいよ。本気で迫ったらリッちゃんに嫌われそうだもんね」

言葉とは裏腹に、朝陽は私の手をギュッと握った。

そのまま駅前でバスを降りて、市電に乗り継ぐため停車駅までの道のりも朝陽は手を離してくれない。

横目でじとっと睨んだら。

「だって、明日から会えなくなっちゃうんだよ？」

悪びれた様子もなく笑っている。

本当にこの人は明日からいなくなるのか？　ってぐらいのいつも通りのふにゃりとした笑顔だ。

「あのねえ、誰かに見られたら困るんだってば！　恥ずかしいっしょや」

同じ学校の人はいないだろうか、と周囲をキョロキョロ見渡した。

四月とはいえ、それでも北国の日暮れは早く、十八時前だというのに薄暗くなっているから、私だとは気付かれないかもしれない。とはいえ困る、心臓がドキドキしているから困るのだ。

朝陽は慣れているかもしれない。だけど私は、こういったことに慣れてはいないのだ。男子と手を握るなんて運動会でのダンスぐらいのものだし、それだって小学生の頃だもん。

どうしたらいいものか、どんな顔をしたらいいものか。

「今日だけ」

それでもダメ？　と問いかけるような視線は何だかズルイ。

朝陽は時々甘えた顔をする。まるで大型犬のようで、何となく私はそれに弱い。

「今日だけだからね？　今度会った時はもうダメだよ！」

念を押したら、ワーイとはしゃいでいる。

約束って知ってる？　守る気ある⁉

「この辺で手を繋ぐ高校生なんか、皆付き合ってる人たちなんだからね？　東京は知らないけど」

「東京だって同じだよ？　友達とは繋がないよ」

「したら、なして手繋いでんのさ」

「俺がリッちゃんのこと好きだからに決まってるべさ」

「わざと訛るな！　本当にいい加減にしなよ？」

むうっとふくれて睨み上げたらペロっと舌を出して笑ってる。

朝陽といると振り回されてばっかり、ずっと自分らしくない気がしてる。

悔しい、何だか悔しいのに。

明日からは朝陽がいない、そう思うと胸の奥が錆《さ》びたオルゴールみたいにギシギシするのはなんでだろう？

目の前に止まった市電を三本見送る。だってこれに乗ってしまったら、十分ほどで朝陽とはバイバイなんだってわかってるから。

お互いに話もせず、ただ手を繋いだままで四本目にやってきた市電にようやく乗って。

「なして朝陽まで降りるのさ?」

「ん? 朝もここまで歩いてきたしね」

私の最寄りの停車駅で朝陽も降りてしまった。

バイバイ、と言うタイミングで当たり前のように一緒に降りたから驚く。

「悲しいことがあったら絶対すぐに俺に連絡してね?」

「たまにね」

「そうだね、悲しいことはあまりない方がいいもんね。でも、一日一回は俺のこと思い出して。夜寝る前に『オヤスミ朝陽』ってキススタンプ送ってね?」

「やだよ、気持ち悪い」

もう、リッちゃんってどうしていつもそうなの? と眉尻を落とす朝陽だけど。

逆に聞きたい、どうして朝陽はいつもそうなの?

私は朝陽のことを忘れたりしないし、明日からきっとしばらくは寂しいと思う。だから友達がいいんだよ。友達のままでいればまた今度会った時にふざけて笑い合える。こんな風に私の脳と口が直結して何か言える相手は朝陽だけだから、ずっと友達でいたいんだ。

だから、この手を離してほしい。また一人に慣れなくちゃいけないんだから。

振り解《ほど》こうとしてまた強く握られて、本当は無理に逃げ出すことだってできるはずなのに。

さっきから、どれぐらいの時間が経《た》ったんだろう。

「遅くなるから帰りなよ」

朝陽の背中を見送りたい。

「リッちゃんから先に帰りなよ」

ズルイな、きっと同じこと考えてる。

「したら、せえので歩き出そっか」

私は坂道を上り、朝陽はどつく《どつく》の方に向かって歩き出すんだ。

「またね、リッちゃん」

「したっけね、朝陽」

離れた指先がすぐに朝陽の温もりを奪い去り冷たくなっていく。

襲ってくる孤独に不安になるのは、二人に慣れすぎてしまったからだ。

振り切るように笑顔で朝陽の口元を見つめて息を合わせた。

「「せえのっ」」

朝陽からおかずのバッグを受け取り右肩に、左肩には制服。クルリと背中を向けて歩き出す、一歩二歩三歩。

ああ、寒い、時期的にもうマフラーはいいか、なんて甘かった。

坂道を上る私の首筋に潮風が吹き付けてきて、背中が丸まって足取りが重たくなってくる。

心がわやだ。悲しい？　寂しい？　泣きたい？　切ない？

言いようのない感情が北風みたいに心の中に吹き荒れて、その答えが知りたくて振り返った。

そうしたら、さっき別れた場所で朝陽が立ち止まり私を見送っているんだもん。

「ズルイよ、朝陽‼」

声に出したら一緒に涙が落ちてきた。

何だ、これは！

グイグイと手の甲でそれを拭《ふ》いていたら、目の前には駆け寄ってきた朝陽がいて。

柔らかな微笑みで私を見下ろして、それから。

「したっけね、リッちゃん」

また中途半端な北海道弁でふざけて笑った後で、朝陽は私の頬を両手で挟んで上を向かせて。

初めてのキスを落とされた。

「じっちゃん、行ってきまーす！」

「今日は、帰り何時だ？」

「始業式だから、そんなに遅くなんないけど友達とお昼食べてくるから少し遅くなるね」

「おお、小遣いやるか？」

「大丈夫だよ、ちゃんとやりくりしてっから」

見送ってくれるじっちゃんに手を振って赤い自転車を土間から出した。

結局、自転車の試運転する暇もなかったなあ、朝陽のせいで忙しくて。

◇◇◇

「バカじゃないのっ‼」

涙目で朝陽を突き飛ばすように後退《あとずさ》った。

返せ、私のファーストキスを‼

「だって、リッちゃん可愛すぎたし、そんな雰囲気だったでしょ？　我慢できなかった、ごめんね」

「最悪っ！　朝陽なんて早く東京に帰れ！」

悪態ついて背中を向けて歩き出した私の背中に。

「リッちゃーん、また会おうね、絶対だよ？」

「知らない、もう本当に知らない、朝陽のバーカ‼」

「後でまたメッセージするからね？　一日一朝陽忘れないでよ〜！」

バカだ、絶対にバカだ。逃げるように家まで走って、玄関前でうずくまった。

坂道を急に上ったせいか、心臓は爆発しそうな音を立てているし、耳まで火照《ほて》ってる。

昼まで熱い、朝陽のバカッ……！

その日の夜も変わらずに朝陽はメッセージをくれた。

『おやすみ、リッちゃん』にハートマーク五個とキススタンプ付きで！

私はそれに『おやすみ』とドクロマークを十個つけて返信してやった。

泣き顔のスタンプが返ってきたけれど無視して、だけど笑いがこみ上げたんだ。

◇◇◇

今頃、飛行場に向かったのかなあ？　見上げた空に浮かぶ飛行機。

ん？　あ、そうだ！　大事なことを忘れてた！　手紙取り戻せていない！

でも、いいや、また今度会う時に持ってきてもらえば。

そう考えた自分が朝陽に会わなきゃいけないための理由付けをしたみたいで恥ずかしくなって、昨日の出来事まで思い出しちゃって頬が熱くなる。

「行ってきます」

風で顔を冷やすように、自転車をゆっくりと漕《こ》ぎ出した。

## 第二章　長雨《ながあめ》はあれどそれを梅雨《つゆ》とは呼ばない

眼下には青い海、遠くに函館駅や摩周丸《ましゅうまる》の白い船体を眺めながら、坂道を一つだけ下る。ゆっくりゆっくりとブレーキをかけながら右に曲がる。旧函館区公会堂を右上に見ながら、大きな教会を二つ越えたらもうワンブロック走るルート。

母さんが好きだった函館出身の女性ボーカルのバンドの曲に『自転車』ってあったっけ。最初はいい気分でその歌を思い出して、歌詞はうろ覚えだから鼻歌で。生まれて初めての自転車通学に私は浮かれていた。

市電通りを見下ろしながら並行する道を走り、その向こうに広がっている、俗に言う『映《ば》え』そうな海辺の景色に、目を細めて……、ハァハァハァッ。

キキキッとブレーキをかけて立ち止まる。……、待って、私どんだけ体力ないの⁉

道は覚えているし、高校までは自転車でゆっくり走っても十五分くらいだろうし、最初は快調な滑り出しだった。だけど十分も走ったら意外と多いアップダウン、ガタガタとする石畳《いしだたみ》に苦戦して汗が浮かんできた。

春になったばかりなのに汗をかいているのは私一人だけじゃない？　恥ずかしい。止まったら吹きつける潮風はまだ北風のように冷たいのに……。誰にも見られないようにハンカチで額《ひたい》の汗を拭《ぬぐ》った。

紺色の学校指定コートを脱いでしまいたい衝動を抑えて、ボタンを上から三つ開けたらセーラー服の白いタイが風になびく。

左手でハンドルを押さえ、行儀が悪いけれど自転車にまたがったまま時間を確認。コートのポケットからスマホを取り出して画面を見たら八時十三分、まだ大丈夫。

後ろから来た同じ高校の学ランやコート姿が自転車や徒歩で私を追い越していく様に、よしそろそろまた走り出そうか、と思ったその時。シルバーの自転車に乗った学ラン姿の男の子が目の前で止まった。背中に見覚えがあるような？

「なんで？　リツ⁉」

「奏太《かなた》くん！」

驚いたように振り向いた彼は、ここにいるはずのないだろう私を見て目を丸くしていた。

ああ、そうだった！

どこかで見たような背中は、隣のクラスの牧野《まきの》奏太くんだった。奏太くんも、それにあーちゃんも元町方面の人だもんね。

「おはよう、って、なんでリツがここにいんの？　家って、湯川《ゆのかわ》だよな？」

「そう、えっと、じっちゃんの家が近くてね。通うのに楽だから私だけ引っ越してきたの」

「マジ？」

頷いたら、そっかと奏太くんは白い歯を零して爽《さわ》やかな笑顔を見せた。ミスター函館海里《かいり》高校とひそかに陰で呼ばれている奏太くんは、今日もかっこいい。一緒にいると皆振り返っていくのだ。

「引っ越してくるなら早く言えよー、水くさい！　連絡先教えてたべ？」

「ごめんね、急だったし……、まだあーちゃんにも」

「え？　星《あかり》にも言ってねえの⁉」

奏太くんの顔には、『それは、ちょっとまずいだろ』って書いてある。だよね、やっぱりあーちゃんには一言伝えておけばよかったかな？

「星、今朝は先に学校に向かってるとは思うけど、会ったらすぐ話しな？　後で言うと水くさいってなまら怒るぞ」

「うん、話すね、ちゃんと」

水谷《みずたに》星ちゃんこと、あーちゃんは、私が大好きな人で一方的に親友だと思っていた、つもりだった。でも奏太くんの話の様子から、少なからずあーちゃんも私のことを特別な友達だと思ってくれてるみたいで安心する。

「なに笑ってんの？」

「ううん、なんでもない」

奏太くんと自転車を押しながら並んで歩き出す。ここからだと徒歩で十分らしい。

「春休み、何してた？　リツ」

「ひ、引っ越し」

少しどもってしまったのは、一瞬浮かんだあの能天気なふにゃりとした笑顔。

「奏太くんとあーちゃんは部活？」

「うん、ずーっと部活。全然遊べなかった」

あーあ、と嘆《なげ》くその声は全然つまらなそうには聞こえない。きっと充実した毎日だったんじゃないかな？　まだ春先だというのに練習のせいか、奏太くんの顔は日焼けしていた。

「そういえばリツ。放課後、行ける？」

「うん。あーちゃんから昨日連絡きてた、大丈夫だよ」

「ラッキーピエロ《ラッピ》、混むから早めに行くべ」

「わかった！」

校門の中にある自転車置き場に、奏太くんと並べて自転車を停めた。

「リツが湯川《ゆのかわ》まで帰らねえんなら、いつもよりちょっと遅くなってもいいの？」

今まであーちゃんや奏太くんと学校帰りに遊んでも、家の近い二人とは違い通学に一時間近くかかっていた私を気遣ってくれていた。だから今度はそういう気遣いはさせたくはない、けれど。一瞬考えて言葉を選んだ。

「じっちゃんが心配するから、あまり遅くまではいられないかもしれないけど」

できれば夕飯までに帰ってじっちゃんにご飯を作ってあげたいから、とは何となく言えなかった。引っ越してきた本当の理由も、誰にも言わないつもりだし。

「リーツー！　奏太ー！　おはよー！」

私たちを呼ぶ元気な声。太陽の眩《まぶ》しさに目を細めながら見上げたら、三階の教室の窓からあーちゃんが手を振っている。

「なんでリツが自転車⁉　ねえ、なんでー⁉」

あーちゃんの声が大きすぎて、登校してきた人たちが皆見ていくから恥ずかしい。

何も言えなくなってしまった私に代わって。

「星、オマエ声でかいって。後でリツが説明するってよ」

「ふーん、わかった！　待ってるから早くおいで」

あーちゃんが、私に『おいでおいで』と手招きしているから大きく頷いた。

二年C組が私とあーちゃん、奏太くんはB組だ。C組の教室の前で奏太くんと別れる時、そういえばさ、と私を立ち止まらせる。

「今日C組に何か起きるかも」

「え？」

「うん、何か起きる、きっと。したっけ、放課後に」

意味深な予言でも告げられた気がして、首を傾げた私に楽しそうに笑う奏太くん。

B組に入っていくその背中を見送って私も自分の教室に入る。

「あーちゃん、おはよう」

窓際の席に座って、私に手を振るあーちゃんに駆け寄った。

「ねー、どういうこと？　リツ、湯川《ゆのかわ》からチャリで来たの？　めちゃくちゃ遠くない？

どんぐらい時間かかった？」

あーちゃんの質問がいっぱいで、どこから答えたらいいのかそれを整理した。

「あのね、じっちゃんが元町の方に住んでるって前に言ったでしょ？」

「え、もしかして、じっちゃんとこに引っ越してきたの？」

私が全部を言う前に、あーちゃんは私が何を言おうか理解してくれる。さすがだ。

「高校通うのじっちゃん家の方が近いからさ、春休み中に私だけ引っ越したの。言うの遅くなってごめんね」

「本当だよ！　言いなよ、水くさい！　昨日も連絡してんだしさ」

観光客にも人気のハンバーガーや美味しいカレーで有名なラッピ。夕べ遅くに、明日はそこで奏太くんも一緒にお昼ご飯食べようって、あーちゃんからメッセージが届いた。本当ならその時に引っ越したことを伝えればよかったのだけれど、夕べの私は完全にどっかの誰かのせいで頭が回ってなかった。

「あーちゃんと近くに住めて嬉しいな」

「ったく、怒ってんのにそんな顔されたら怒れないっしょや」

私の鼻を摘《つま》んだあーちゃんが笑う。

「そうだ、奏太から何か聞いてる？」

「ん？」

何か？　予言？　うん？　考え出した私にあーちゃんは苦笑した。

「まあ、いいや、後でわかるべさ」

「うん？」

あーちゃんも何だか変だ、奏太くんのさっきの予言みたいに楽しそうな顔をしている。二人の表情を見ていたら悪いことではないのだろう。

「そうそう、リツの席ここね、私の後ろ」

「本当？　窓際だし、あーちゃんいるし最高だね」

「てか、自由に決めていいみたいだから私が勝手にリツのも決めちゃったけど」

「ありがとう～！　あーちゃん大好き」

あーちゃんの後ろに座った私が笑ったら。

「ああ、もう可愛い、リツ可愛い、可愛すぎる‼」

わしゃわしゃわしゃと私の頭を両手で撫でまわすから、長い髪の毛がボサボサになった。

ホームルームを知らせるチャイムが鳴り、あちこちに散らばっていたクラスメイトたちも自分の席に戻っていく。あーちゃんも前を向いて座り私も机を真っすぐに直した。

ガラガラと扉を開けて一年生の時からの担任である小林《こばやし》先生が入ってきた瞬間、

全員起立し「おはようございます」と朝の挨拶《あいさつ》、そして着席。

いつもなら「はい、おはよう。出欠確認、休んでるやついるか?」なんて始めるのが一年生の時からの流れ。だけどこの日の朝はいつもと違った。

「じゃあ、入っておいで」

いつもと違い、開けっ放しだったドアの向こうに小林先生が声をかける。ざわつく教室、新学期のこの感じはもしかして?

先生に促され入ってきたその人は、転校生のようだ。青いブレザーにエンジのネクタイ、グレーのズボン、知らない学校の制服の男の子。

先生と並んで立ち一礼して上げたその顔に、私の思考回路は一瞬停止した。

なんで? ねえ、なんで?

咄嗟《とっさ》に私はあーちゃんの背中に隠れた。彼に見つからないように小さく小さく丸まって。

「倉田朝陽《くらたあさひ》くん、東京からの転校生だ」

やっぱり! やっぱり朝陽だ! 心臓の脈打つ音が体中に鳴り響いていた。膝の上で握りしめた手の中にかいた汗がすごいことになってる。

「倉田朝陽です、よろしくお願いします」

周りの女子たちが朝陽を見て、かっこいいよねとざわめく中で。

「朝陽〜！」

そう言って、手を振ったのはまさかのあーちゃんだった。

「何だ、水谷は倉田くんと知り合いか？」

「知り合い？　幼馴染みたいなもんだよね、朝陽」

「俺、B組の牧野奏太のいとこなんです。小さい頃から奏太の家に来るたびに星とも遊んでたんで」

『朝陽のいとこって何歳なの？』

『ん？　同い年だよ、部活ばっかやってんの！　全然遊んでくれない』

『うちのいとこもサッカーやってんの』

繋がる、繋がる、全部繋がって。私は机の上に顔を突っ伏した。

『またすぐ会いに来るから』って、すぐが、すぎるよ……。

「じゃあ、席は水谷の隣でいいか。佐藤《さとう》は、空いてる席に移動してやって」

あーちゃんの隣に座っていた佐藤くんが、はーいと席を移動していく。代わりにあの声が近づいてくる。

「よろしくお願いします〜！」

周りに声をかけながら、歩いてきた彼の気配。顔を窓側に背けていても、どうしても感じ取れてしまう。

お願い、私に気付かないで、声かけないで！　そんな私の願いも虚《むな》しく。

「あれ？」

朝陽の声がすぐ側で聞こえて、恐る恐る顔を向けた。朝陽も私を見下ろし立ち尽くしたままで、これでもかってほど目を丸くしている。

間違いなく朝陽、昨日まで一緒にいた人。今日東京に帰るはずだったあんたが何でここにいるのよ！

「ん？　朝陽ってば、リツとも知り合いなの？」

朝陽と私の微妙な空気にあーちゃんが気付いてしまった？　どうしよう、何て説明したらいいの？　気まずさに床に視線を落としたら。

「いや、東京の友達に似てたからビックリしちゃった」

「へえ、そうなんだ！　あ、この子は成瀬理都《なるせりつ》。私の親友だからね！　手出すなよ、朝陽‼」

「うわ、星の親友には手なんか出せるわけない、後が怖いもん」

どんな顔してその台詞《せりふ》を言っているのかと顔を上げたら、ふにゃりとしたあの笑顔があった。あーちゃんには気付かれないように一瞬だけ私に視線を向けて笑う。

大嘘つき、確かに他人のフリしてくれるのはありがたいけれど。

星の親友には手なんか出せるわけない⁉

へえ？　へえええ⁉　知っていたら手を出さなかった？　思わずふくらんでしまった頬は、あーちゃんが振り向いた瞬間に自発的にすぼめた。

「んなわけでさ、リツ！　帰り朝陽の歓迎会やるからね、ラッピで」

……マジ？

「成瀬さん、よろしくね」

「よろしく、お願いします……」

初対面な顔をした朝陽に、私も初対面を貫き通した。

「リツ、席取っておいてくれる？　いつものメニューでいいんでしょ？　座席ナンバーだけメッセして！」

「朝陽もリツについていってって、今日は俺のオススメの奢《おご》るし」

いつも観光客でいっぱいのお店。それにも増して、今日はどこの学校も始業式だから皆考えることは一緒だ。海沿いのこの店舗は、いくつかあるラッピの中でも特に混み合う。

あーちゃんと奏太くんから座席確保命令が下り、店内をくまなく探したらようやく端っこの方に四人掛けボックス席を見つけた。座席番号をあーちゃんに送り、席についた私の目の前に朝陽も座る。

気まずすぎるでしょ。しばしの沈黙の後で、盛大についたため息は朝陽にダイレクトに届いたみたい。

「リッちゃん、さすがにそれは傷つく」

「……もう、リッちゃんて呼ばないで」

「なんで」

「嘘つきとは話したくない」

「嘘つきって言わないでよ。今日あたりね、ちゃんとリッちゃんに種明かししようとしてたんだよ？　実は函館に住んじゃいました～！　って。でも、まさか」

小声での応酬は、朝陽の目が泳ぎ口を噤《つぐ》んだことにより終了。その直後、私の横に奏太くんがストンと座った。

「何でリツの隣に座るのよ、奏太！」

「だって、朝陽の隣だと男二人狭いもん」

「まあ、奏太ならまだいいか。大丈夫だった？　リツ。朝陽に口説《くど》かれてない？　平気？」

あーちゃんが私の顔を心配そうに見ながら朝陽の隣に座った。

「ちょ、星！　酷いって。俺、誰でも口説いたりなんかしないし。ねえ」

同意を求める朝陽とそれを疑惑の目でみるあーちゃん、何が何やらなカオス状態に私は口元だけで笑う。

もういい、朝陽なんて知らない。彼は初めて出会った人だ。奏太くんのいとこで、あーちゃんとも友達だった。初めまして、どうぞよろしくで今後は貫き通そう、もう忘れよう。

でも待って、あれだけは取り戻さないと……。

「リツ、大丈夫？　人見知り？」

何も話さずに三人のやり取りを聞いているだけの私に、奏太くんがそっと気遣ってくれた。

高校に入学直後から、クラスに馴染めないでいた私を、たまたま隣の席だったあーちゃんが、いつも気にかけてくれた。美人でハッキリした性格は、私がいつもそうありたいと願っていた憧《あこが》れの女子そのもの。優しくて面倒見がいいあーちゃんは、私のようなオドオドしたタイプは放っておけなかったんだと思う。

あーちゃんがいなければ、未《いま》だにクラスに馴染めてなかったかもしれない。

あーちゃんはサッカー部のマネージャーで、その幼馴染の奏太くんはサッカー部のエース。マネージャーの仕事が忙しそうな時、あーちゃんにお願いされ部室の掃除を手伝いに行くことがあって。そこで奏太くんとも仲良くなれた。

奏太くんとだって最初は目を合わすことすらできなかった。

きっと、あーちゃんも奏太くんも気付いてくれてたんだと思う。私が人見知りすぎるっていうこと。二人ともたくさん話しかけてくれて、ようやく私も少しだけ話せるようになった。

あれ？　私、あーちゃんと奏太くん以外友達らしき友達がいないかもしれない。

私が誰かと馴染むのに時間がかかることを知っている二人だからこそ、今も朝陽と馴染ませようと取り持ってくれているみたいなのが、すごく心苦しい。

「リツはさ、小動物みたいなもんだから朝陽みたいにガンガンくる子は苦手だよ？　嫌われないように気を付けな？」

ヤメテ、ヤメテ、あーちゃん!!

朝陽が怪訝《けげん》な顔で私を見ている。そりゃそうだよ、既に私の心の一番汚い部分まで朝陽には見られているんだもん。小動物が聞いて呆れる、朝陽だってきっとそう思っているはず。

そんな私の冷や汗に気付いているのかいないのか、ニイッと笑った朝陽は。

「そっか、小動物！　ちっちゃいもんね、リッちゃんは！　確かにリスとかそんな感じかも」
・・・・・・リッちゃん？　さっき絶対呼ぶなって釘刺したよね⁉　私の引きつる顔を見て、朝陽も気付いたようで焦《あせ》っている。
「もう名前呼びとか、朝陽は慣れ慣れしすぎ」

「俺だってリツって呼ぶようになったの今年に入ってからなのに」

あーちゃんと奏太くんは気付いていない様子。何とか切り抜けてホッとしたような顔をした朝陽の膝をテーブルの下でコッソリ蹴《け》ってやった。

このお店は、注文時に座席ナンバーを伝えたら届けてくれるシステムになっている。お腹がペコペコだった私たちの目の前に届けられた、食欲をそそる匂い。

私はいつも通りのラッキーチーズバーガー、ポテトとガラナのセット。

朝陽のために奏太くんが注文していたのはこの店一番のオススメ。ボリューミーなチャイニーズチキンバーガー、ポテト、そしてやっぱりガラナだ。

「え、うまっ！」

大きな口で頬張った朝陽が嬉しそうに私たちを見回す。

「だろ、オマエの好みは俺にそっくりだからな。絶対気に入ると思った」

奏太くんと嬉しそうに顔を見合わせて笑う朝陽。こうして見たら二人って。

「仲良しの兄弟みたいだよね、どっちが兄かはわかんないけど」

私が思っていたことをあーちゃんはすんなりと口に出した。

「似てる？」

顔を見合わせた二人は、確かにどことなく似ていた。顔そのものじゃなくて、背格好だったり髪型だったり雰囲気だったり。タイプが違うけれど、どちらもイケメンだということには変わりなくて、気付けばあちこちの席から女子高生が二人を見ている始末。

奏太くんの隣に座っているのが私で大丈夫だろうか？　彼女と間違えられて、奏太くんの趣味を疑われてはいないだろうか？

いつもあーちゃんと奏太くんに挟まれて歩く時の劣等感が、朝陽まで加わったことにより更にふくらんだ気がする。

「奏太のチャイニーズチキンカレーもうまそ、今度俺それにする」

「でも、カレーにポテトはついてこないわけよ」

残念そうな奏太くんに。

「食べていいよ、奏太くん。一緒に食べよう」

とポテトを贈呈《ぞうてい》、一人じゃ食べきれないから。そしたら奏太くんはイタズラっこのように目を細めて。

「はい、じゃあ、あーん」

と大きな口を開けた。これは、その、ポテトを食べさせて、ということだろうか。

ポテトをつまんでどうしよう、と迷った瞬間。

「ほいっ」

目の前から伸びてきた指が奏太くんの口にポテトを放り込んだ。

「ちょ、朝陽から、あーんとかねえべ！　まだ星からのがマシだわ」

「まだって何よ、奏太！　失礼じゃない？」

「本当だよ、星ならまだしもリッちゃん真っ赤になって困ってんじゃんね？　うちの奏太が無理強いしてごめんね？」

「俺は朝陽の弟かっ！」

笑いながら二人に気付かれないように私に目配《めくば》せした朝陽。

ありがと、ちょっと助かった。まだそういうノリに慣れてないから。

「朝陽が引っ越してくるとは思わなかったなあ」

「だろ？　俺も思わなかった」

他人のことのようにアハハと笑う朝陽に、あーちゃんが苦笑している。

奏太くんの話によれば、朝陽はお父さんの海外赴任に家族でついていくはずだったけど、日本に残りたがった。でも一人暮らしはと反対されて、それを聞いた奏太くんが「函館に来ればいいじゃん」と誘ったらしい。

小さい頃から何度も遊びに来ていた函館には、お母さんのお兄さん、つまり奏太くんのお父さんとおばあちゃんもいたから話は進み。

朝陽は今、奏太くんの家で暮らしているのだ。

家族から離れて一人という境遇が、理由は違えど自分と似ているかも。

チラリと時計を見たら、もう十五時半を過ぎるところ、ここで話しているといつも長居しがちだ。十六時過ぎたら帰ろうかな、初日だし。スマホの時刻を気にした瞬間、朝陽と視線が交わった。

「奏太、ここから奏太の家まで歩いたらどのくらい？」

「あ、そっか！　朝陽、今日市電だもんな」

転校初日のため、朝陽は登校時、奏太くんのお母さんと市電で学校に来たらしい。

「歩いたら結構かかるかも」

「だよな、じゃあそろそろ帰ろ」

「朝陽だけ、市電……は、嫌だよな。んじゃ帰るか」

「わあ、チャリ乗らずに押して歩くの初だわ」

仕方ないな、と帰り支度を始め出す、あーちゃんと奏太くん。私も用意しながら、もしかして？　と朝陽を見たら微笑んでいる。

気付いてくれてる？　私の理由に。

「今日も美味しかった〜！　部活休みの時また来ような、皆で！」

通り道に近い順に奏太くん、あーちゃん、朝陽、そして私と出口に向かって歩き出す。目の前にいる朝陽のブレザーをグイッと引っ張った。小さく振り返った朝陽が、「ん？」と笑っているから。

「ありがと、時間気にしてくれて」

朝陽にだけ聞こえる様に小さな声で伝える。

「じっちゃん、待ってるもんね？」

あ、やっぱり！　私にだけ囁《ささや》くように笑った朝陽に頷いた。

赤レンガから家まで徒歩でゆっくり歩いて三十分くらい、皆と別れたのは昨日朝陽と別れたあの辺り。

「リツー！　また明日ね！」

「じゃあな、リッ！　また誘うわ！」

三人に手を振る私に。

「リッちゃん、またね～！」

昨日と変わりない朝陽の笑顔が飛び込んできて、今同じ場所にいることにデジャヴを感じる。

遠くなる皆の背中を見送っていたら何度か三人とも振り返って。最後に朝陽が高く手を上げて伸びをする仕草《しぐさ》でスマホを手にしてVサイン、あれって私に⁉

その瞬間、コートのポケットの中でスマホが震える。

『またね、リッちゃん！　後でまた連絡するね』

いつの間に！　そのまま私は既読無視、無視、無視、無視！

だって嘘つきだもん、とやっぱり許せないまま、イライラした。

「焼きすぎだべな」

皮面が黒くなった鮭《さけ》に、じっちゃんが笑う。

「ごめんね、皮食べないでね、美味しくないからさ」

考え事ばかりしていたら鮭は焦がすわ、ちょっとご飯は固くなるわ。

「リツは部活やらねの？」

「うん、ただ時々サッカー部に手伝いに行くことあるかも」

「なんでも好きなことやれ、せっかく――」

言いかけてじっちゃんは話を止めた。きっと、父さんから話は聞いているんだろう。

せっかく、母さんから離れて気を遣う人もいないんだし。

続きはそんな気がした。

「遅くなる時は連絡よこせば、じっちゃん作るからな？　まだリツよりも上手いかもしんねど」

「わかった、たまにじっちゃんのご飯も食べたいから、その時は頼むからね」

時々はじっちゃんの優しさに甘えよう。穏やかに笑い合える時間って、こんなに幸せなんだな。

夕飯を終え、お風呂の用意をしに自分の部屋へ戻った瞬間、スマホが震える。

やっぱり、朝陽だった。

『リッちゃん、今日はビックリしたよね』

笑顔スタンプを付けてきたって何も面白くはない。しばらく無視し続けたけれど、意味のないスタンプや『ねえねえ、リッちゃんてば〜！』と泣いた顔文字も入ってきたから、仕方なく返信。

『何で話してくれなかったの？』

（友達だと思っていたのに）

それはなんだか悔しくて付け足さなかった。友達だったら話してくれてもよかったんじゃないの？　って思ったから。

でも朝陽が函館に引っ越してきた人だと最初から知っていたら、私はきっと素の自分を曝《さら》け出さなかったと思う。そうしたらきっと朝陽とは、友達になれなかったかもしれない。

既読になってから五分後、朝陽からの電話が鳴った。

無視してやりたいところだけど、そうしたところでまたかかってくるだろうし。

「……何の用事？」

ことさらぶっきらぼうに電話に出た。

『コンビニ行くって出てきちゃった、リッちゃんと今日別れた場所にいるから来て』

「は？　何で行かなきゃ」

『そっか、いいモノ持ってきたんだけどなあ』

……いいモノ？　もしかして‼

「五分待って、行くから！」

電話を切って机の上の鏡を見て髪を……、整えようとしてやめた。何で朝陽のために私がそんなことする必要があるのよ。

上着を羽織り、まだ使っていないノートを一冊手に持つ。ドアを閉めようとして、何となくもう一度だけ鏡を覗きに行ってから階下へと降りて。

「じっちゃん、布団に入って寝ないとダメだよ、風邪ひいてまうからね。明日も仕事でしょ？」

居間のソファー、テレビを見ながら眠ってしまっているじっちゃんを揺すって起こした。

「ん？　どっかさ、出かけるのか？」

時計の針はもう二十時を回っている。心配をかけたくないから。

「友達のノート、春休み前から借りっぱなしだったのさ。今近くにいるみたいだから返してくるわ。すぐ戻るから寝てていいからね」

「んだの？　したら先に寝るからな。あまり遅くなるんでないよ」

「わかった〜！　したっけ、行ってきます〜！」

タッタッタと坂道を駆け下りる私の足音だけが石畳に響く。

オレンジ色の街灯の下、浮かぶシルエットがこちらを向いて手を振っている。近づいたら能天気な顔をして。

「来てくれてありがと、リッちゃん」

さっき別れた時と同じ、ふにゃりとした笑顔を覗かせた。何とも緊張感のない笑顔が今日は腹立たしい。昨日まではそれを見たら安心していたというのに。

「返して？」

さぁ、と朝陽に向かって伸ばした手。

「返す？」

焦《じ》らしているのかとぼけているのか、またふにゃりと笑うから。

「手紙！　春休み中に返すって約束だったしょや！」

痺れを切らした私の声が夜の街にこだました。

「あー、手紙かあ」

思い出したように笑いながら頷いて。ジャンバーのポケットの中、何かを探るように手を入れた朝陽は。

「忘れちゃった！　代わりにコレあげる、いいモノ」

私の手の平に載せられたのはナイロン袋に入った……。

「肉まん⁉」

「そ、肉まん！　俺はあんまん！　だってリッちゃんは、餡子苦手でしょ？」

そうだけど、そういうことじゃない！

「違うでしょうや！　私は朝陽が手紙を持ってきてくれたと思って」

「ストップ、リッちゃん！　話はまず食べ終わってから！　冷めちゃうでしょ」

温かいうちに食べてと促されたのと、目の前の朝陽が湯気の立ち上がるあんまんを食べる図が美味しそうだったので、気付いたら私も肉まんを頬張っていた。

「美味し」

「だよね、北海道で食べると何でも特別に美味しく感じるんだよねえ、何か入ってるんだろうか？」

マジマジと中を覗く朝陽に思わず。

「んなわけないっしょ、これぱっかりは全国共通だべさ！」

「でもさリッちゃん」

「うん?」

「関西じゃ肉まんにカラシが付いてくるの、知ってた?」

「……意味わかんない、付けなくても美味しいのに」

「だよね、俺も付けないいや」

くだらない話をしながら完食し、あらためて催促《さいそく》。

「いつ手紙返してくれるの?」

「じゃあ明日学校で渡そうか?」

待って、あれを誰かに見られたら。想像してしまい、ブルブルと首を横に振る。

「じゃあ、もうちょっと預かっておくね! また夜のデートの時まで」

「これはデートじゃない!」

「そうなの⁉ 俺はそのつもりだったのになあ」

残念と冗談めかす朝陽に。

「用事ないなら帰る。肉まんごちそうさま」

背を向けたら腕を掴まれた。

「なによ?」

まだ何か用事でもあるの? と振り向いたら。

「嘘ついたわけじゃないんだ、ただ本当にリッちゃんを驚かせたかった」

ゴメンと真顔で私を見下ろした朝陽は。

「リッちゃんに誤解されてるのだけは、嫌だよ」

その目に見つめられると、何も言えなくなって立ちすくんでしまうんだ。

朝陽のことを信じていたい自分がいるから。

「まさか、リッちゃんが同じ学校にいるなんて思わなかったんだよ」

それは信じてあげる、だって朝陽だって驚いてたもん。

「リッちゃんはさ、俺が函館の人じゃないから仲良くしてくれてたでしょ？」

図星だ……、とっくに見抜かれていたのかな。

「だからもっと仲良くなったら『引っ越した』って打ち明けよう、って思ってたんだよ。でも、とうとう昨日も言いそびれちゃって、バカだよね」

「そうだよ、バカだよ！　昨日のうちに言いなよ」

「ごめん」

シュンと項垂《うなだ》れた朝陽を見て、私も心が痛む。考えたら昨日は私のせいで一日潰れちゃったんだ。もしかしたら、朝陽の中ではどこかで私に伝える計画があったのかもしれない。

「朝陽」

「うん？」

「約束して」

「手紙の、内容？」

「そう」

朝陽は何度も何度も頷いて。

「それだけは絶対に言わない。一生俺とリッちゃんだけの秘密」

約束だと伸ばしてきた小指をじっと見つめたまま。

「それだけじゃない」

「え？」

「私が、こんなによく話す子だなんて学校では言わないでほしい」

「どうして？　星や奏太にも？」

「あーちゃんも奏太くんも知らないの。私は人と……」

言いかけて空を見た。街灯のオレンジ色の光が目の中に落ちてきて眩しくてギュッと瞼《まぶた》を閉じる。ゆっくりと目を開いて話を続けた。

「人と話すのが苦手なの」

「俺とは話せるのに？」

「それは朝陽が最初に言った通り。函館の人じゃないから話ができただけ。朝陽がすぐにいなくなる人だと思っていたから話ができた」

「今だって話してるじゃん？」

朝陽にはわかんないよ。誰かと、深く関わり合うのが苦手だなんて。

今も朝陽と話せているのは、出会いが他の人と少し違ったからなんだよ。

最初から全部知られてしまった唯一の人間だから、話せるだけなんだ。他の同級生と同じように出会っていたなら、朝陽とも距離は空けていたはず。

これを言ったらどう思われる？　嫌われるかもしれないよ？

いつも、一瞬考えて当たり障りのない言葉を選ぶ。弱くてズルい私は、絶対に誰かと対等になんて話せなかった。

それが自分にとって楽な方向だと思っていたの、あの時までは。

本当は全然楽じゃなくて、心の奥に重い石が溜《た》まっていくみたいだった。

朝陽と初めて会ったあの場所で、その重さに耐えきれなくなって、全てを降ろしてしまいたくなったんだ。

「朝陽には、最初から言いたいことが言えたから。だから今も話せるだけなんじゃないかな」

「他の人にも同じようには？」

「言えない」

はぁっとついた私のため息に被るように、朝陽のふっと息を吐いた音。どういう意味のため息？　と見上げたら、またあの気の抜けたような柔らかな笑顔を零していた。

「んじゃ、それもリッちゃんと俺の秘密でいいよ？」

「え？」

「だって、俺だけ特別じゃん？　リッちゃんといっぱい話せる特権。そんなの星も奏太も知らないとか、嬉しいかも」

猫みたいに目を細め笑う朝陽は、さっきみたいにまた小指を差し出した。

「俺はリッちゃんの秘密を守る。だから、リッちゃんは今まで通り。俺と二人の時はいっぱい話してよ？」

朝陽の言葉の意味を噛みしめたら、目の前の小指も、朝陽の笑顔も全部ボヤけて見えた。

あの日、朝陽に見つけてもらえなかったら、私は重たいものを抱え込んで海の中に沈み、母さんを一生苦しめてしまったかもしれない。

朝陽がいてくれた、これからもいてくれるなら。

「口、悪いよ？」

「ん？」

「私さ、本当はなまら口悪いんだからね！　話してると嫌な気分になるかもしんないよ？　それでもいい？」

「いいよ、何でもいい。リッちゃんの話が聞けるんなら」

強引に私の手を握り約束の小指を絡めた後で、涙を拭くように頬を撫でる朝陽。その指先の温かさに涙が止まらなくなる。

「俺の知ってるリッちゃんは最初から、このリッちゃんだから」

素のままでいてもいい、と言われたようで。

「したっけ、もう帰る、また明日ね！」

止まらなくなる涙に、恥ずかしくて踵を返し走り出す。

「したっけ～！　リッちゃん！」

発音の違う、したっけを背中で聞いて泣き笑いをした。

「朝陽くんって、奏太くんの家に住んでるの？」

朝陽の周りには常に女の子がいっぱいいる。四月の終わりには、すっかり朝陽はクラスにも馴染んでいた。

馴染んでいるどころか最初からいたんじゃないかってくらい、私よりもよっぽど存在感がある。

ようやく出来上がったうちの学校の制服も似合うと評判で、気付けば奏太くんと同じくらいモテているみたい。

「ねえ、朝陽！」

「どした？」

そんな朝陽を簡単に呼び出しちゃうのは、幼馴染みの特権のようだ。

朝陽もあーちゃんに呼ばれたら、すぐに他の子たちを置いてこっちにやってくる。

「ゴールデンウィークってさ、東京帰ったりしないよね？」

「しないよ、ずっと函館」

「したらさ、また四人で出かけない？」

チラリと朝陽は横目で私を捉《とら》えた。

「星と奏太と俺とリッちゃん？」

「そう、花見しようよ！　函館公園と五稜郭公園、どっちがいい？」

「どっちでもいいよ、そっか！　そうだよね、北海道の花見って遅いんだよね」

二人の話を聞きながらチラリと窓の外に目を向けた。

桜はまだ二分くらいしか咲いていなくて、だけど緑の芝生《しばふ》の上には黄色いたんぽぽが咲き誇り始めた。北海道の遅い春はこうして一気にやって来るのだ。まだ、少し寒いけれどね。

「リツも来れるよね？　実家に帰ったりする？」

あ、そうか。こういう長期の時って帰った方がいいんだろうか。それとも帰ったらやっぱり母さんが困るだろうか。どうしようかと考えていたら。

「じゃあさ、明日決めない？　部活ないんでしょ？　帰りにラッピ行こうよ。リッちゃんはそれまでに実家に帰るかどうか考えてくる、で日程調整しよ。サッカー部だってまた練習あるんだよね？　いつが休みか調べておいてよ、星」

「了解」

「うん、わかった。じっちゃんとも話してくるね」

朝陽からのフォローは、うちの事情を知っているだけにいつも的確でありがたい。ありがとう代わりに少しだけ笑ったら朝陽もふにゃりと微笑んで。んじゃ、明日ね、とまたさっきの子たちのもとに戻っていく。

「朝陽ってさ」

「うん？」

朝陽の後ろ姿を、じっと見つめていたあーちゃん。

「リツのこと、よく見てるよね」

「そ、そうなのかな？」

「うん、そんな気がした」

視線の先で朝陽がふざけて笑っている。

「しかし、モテるね。アイツは」

あーちゃんの笑顔が少し曇《くも》っている気がして心配になった。


「もしもし、母さん？　ゴールデンウィークって、私そっちに帰った方がいいのかな？」

何か用事あるかな？　電話越しとはいえ母さんと話したのは、朝陽と海でお弁当を食べたあの日以来だ。すごくドキドキと緊張して電話したのに、話はすぐに済んだ。

「うん、そっか、うん。気を付けて行ってきてね！　ばあちゃんによろしく」

母さんの実家に帰省するらしい。拓《たく》と父さんと三人で。

私を連れて行かないのは、母さんなりの気遣いではあるんだろう。

母さんの母さんであるばあちゃんは、昔からなぜだか私には冷たかった。

車で四十分ほどの漁師町に住んでいて、早くにじっちゃんを亡くしたばあちゃんは、水産加工場で働きながら母さんを育てあげた。男勝《おとこまさ》りの気性《きしょう》の荒い人ではあるけれど、拓のことは可愛くて仕方がなかったみたい。

昔、ばあちゃんの家で拓と兄弟ゲンカをしてしまったことがある。拓が泣きだしたらものすごい目で睨まれて、何だかよくわからない嫌味のようなことを言われた。怖くて私は声をあげて泣いたっけ。

慌てて台所にいた母さんが私と拓のもとに駆けつけて、ばあちゃんと言い争っていた記憶が薄《うっす》らとある。

それ以来、私がばあちゃんの家に行くことはめったにない。私以外、時々母さんが拓を連れてだったり、父さんとも行くことがあったけれど日帰りだった。

『体の具合が最近よくないみたいでさ、ばあちゃんも年だから心細いんでしょうや。仕方ないから一週間ぐらい泊まって来ようと思うのさ。父さんも市役所休みだし』

市役所勤めの父の休みはカレンダー通り、有休を使えば七連休だ。

気を付けて行ってきてね、と何でもないように伝えてみた。けれど内心はショックだった。私に何も言わずに三人で行ってしまうこと。電話をしなかったら知らせるつもりもなかったのかな?

家族という輪から弾かれたみたいで悲しい気持ちが半分。

その半分の半分は、ばあちゃんの顔を見に行かなくて済んだという安堵《あんど》の気持ち。

もう半分は母さんが私を誘わなかったのは気遣いであると信じたい気持ち。

複雑に絡み合って眠れないでいた私は久しぶりに真夜中に手紙を書く。一枚だけ破った便箋に、今の気持ちを書き綴る。

母さん。

母さんにとって、私は家族ですか?

拓と同じくらい可愛いと思っていますか?

何度も書き綴ってきた想いは、また小さく小さく折り畳んで、ティッシュペーパーに包んでゴミ箱へ。

カーテンの隙間から眺めた景色は、上から水色とオレンジ色の間に白色を含んだ朝焼けを覗かせていた。これほどまでに朝が来るのを待ち遠しいと思ったのは久しぶりだった。

ゴールデンウィーク初日だけがサッカー部の休み、その日に花見を決行することになった。

　朝早く起きてザンギを揚げて、おにぎりを握って。卵焼きにウインナーにブロッコリーに……、何かいつもの学校に持っていってるお弁当とそんなに変わりないような？

　だけど今日は皆と食べるから特別。食べきれないほどたくさん作っちゃった。母さんのザンギの味を朝陽は知ってるから比べられたら嫌だなあ、といつもよりも頑張ったつもり。

　じっちゃんにもお弁当を作り置き。私が友達と遊びに行くというと、すぐ小遣いをくれようとするのを制して「行ってきます」と逃げるように飛び出した。

　うちの前の坂で自転車にまたがって、三人を待ちながら海を見下ろす。柔らかな陽ざしがポカポカと気持ちいい。少し前まで灰色だった海や空はいつの間にか春色、鮮やかな青が目に沁《し》みる。

「おはよ～！　リツ」

「おはよ」

　笑顔の三人と合流して、石畳をゆっくりゆっくり駆け下りる。登校で大分体力がついてきたとはいえ、函館公園までは自転車で五分ちょっと。

六分咲きの桜の樹の下に陣取って、持ち寄ったお弁当をレジャーシートの上に広げながら四人でそれを囲んだ。

「マジで？　ゴールデンウィーク中はずっと暇なの？」

「うん、暇になっちゃった」

私が作ったおにぎりを頬張った奏太くんに、ゴールデンウィークの予定を聞かれ、何もないと話したら、なんだか憐《あわ》れまれているみたいだ。

別にいいんだもん、全然。観光客に交じって一人で元町散策してやろうとか思っていたし。何ならじっちゃんと釣りにでも行こうか、なんて思っていたんだし。

「せば、おいでよ、リツ、サッカー部に！　な、星もその方がいいんでない？」

「まあね、リツが手伝ってくれたらなまら嬉しい！　助かる！」

そういえば今年はマネージャーが誰も入らなかったという話を聞いた。いくら奏太くんの人気があっても休みがないし、マネージャーの仕事はキツイからみたい。

「したら、手伝いに行こうかな」

あーちゃんが喜んでくれるなら。部室の掃除とかドリンク作るくらいならもう慣れたし。

「じゃあ俺も手伝いに行こっかな、マネージャーやりに」

え⁉　三人の視線が一斉に朝陽へと向いた。

「だって遊んでくれるのリッちゃんくらいしかいないのにさ、マネージャーするんでしょ？　じゃあ俺一人ぼっちじゃん」

「朝陽、あんたリツを連れまわそうとしてたの⁉」

「奏太も星も部活なんだから仕方なくない？」

「仕方なくねえから！　リツを振り回すな！　つうかいいの？　朝陽」

少し気遣わし気な奏太くんの顔を見て、朝陽はニッと笑って。

「マネージャーなら、気楽にやれるかも」

その瞬間、朝陽を見るあーちゃんの視線が鋭くなって私はヒッと身を縮めた。

「なめんでないよ、うちのサッカー部！　マネージャーがやることいっぱいあるんだからね⁉　こき使ってやっから覚悟せや？」

「あー、ごめんって星！　んなつもりじゃなくって」

「したら何のつもりさ⁉」

二人のやり取りが掛け合い漫才みたいだなと見守っていたら奏太くんが小さな声で。

「リツも本当にいいの？　頼んじゃっても平気？」

「うん、家にいても暇だし。あまり役に立たないかもだけど」

「いいよ、別に。リツはいてくれるだけで」

いてくれるだけで？　一瞬浮かんだ疑問はすぐに朝陽の声に流された。

「リッちゃんが作ったザンギ、なまらうまいっしょ」

ああ、もうまた変な北海道弁話し始めちゃうから笑いがこみ上げる。よかった、美味しいって思ってもらえて。

「奏太も朝陽もリツのばっかり食うじゃん！」

「したって、星のはスイーツばっかりだべ！　それは後で食うから待ってれ！」

奏太くんの指摘はもっともだった。確かにあーちゃんの持って来たのはフルーツサンドとマカロン、シュークリームまである。すごく美味しそうだから、後で余ってたら貰おうかな。じっちゃんの分もお土産《みやげ》に。

「奏太の母さんのちらし寿司もなまらうまいよ、星も食べたら？」

「したから止めれ朝陽。段々言葉おかしくなってる！　訛りでも標準語でもない変なのになってっから！」

三人のやり取りの楽しさに母さんとのこともすっかり忘れて、久々に涙が出るほど笑った日だった。

幸せな一日の終わりに、したっけ、明日待ってるね！　とあーちゃんと奏太くんに念を押されて三人の背中を見送る。三人の姿が小さくなってから自転車を押し坂を上り始めた私の耳に、何か聞こえた気がして振り返ると。朝陽一人が自転車で引き返してきていた。

「リッちゃん！　ごめんね、渡し忘れた！」

そういえば帰り支度の時、私が持ってきたお弁当箱を朝陽が自分の自転車の籠《かご》に積んでくれて、そのままだった。

「ありがとう、私もすっかり忘れてた」

「楽しかったね、今日」

はい、と私の自転車の籠にお弁当箱を積み替えてくれた朝陽に大きく頷いた。

「明日も会えるね、リッちゃん」

「うん、また皆で」

「俺はリッちゃんに会いたくてマネージャーに立候補したの」

冗談にも取れるような朝陽の笑顔が、黄昏《たそがれ》色に染まって眩しくて。

「したっけね」

困る、本当に困るんだ。くるりと背中を向け歩き出した瞬間。

「明日ね！」

その声に逃げるように早足になった。

「朝陽〜！　クーラーボックスに氷、満タンにしといて！　それ終わったらジャグにも氷と水！」

どうやら朝陽は重いもの担当らしい。

普段あーちゃんと三年生のマネージャー麻友《まゆ》さんの二人で、それを運んでいるんだよね。

時々一年生部員が手伝ってくれることもあるみたいだけれど、基本はマネージャーさんだから大変そう。

私に与えられたのはいつもの仕事。部室の掃除、ボールの空気入れ、衣服を畳んだり皆が休憩の合間に草むしりしたり。

「リッちゃんが掃除してくれるの本当に助かる！　普段そこまで手が回らなくて！ありがとう！」

麻友さんにそう言われたら徹底的にキレイにしてあげたくなっちゃうんだ。

部室の窓と扉を全開にしてまずは匂いを追い出すことからだ。汗をかいた男子の靴の蒸《む》れた匂いや、色んなものが目に染みる。

うん、これを掃除しようとしたら他のことが何もできなくなっちゃうもんね。

「リッちゃん、ドリンク作りたいんだけど、場所教えて」

部室を覗き込んだ朝陽を備品が入ったロッカーに案内して中を開けた。

「えっとね、スポドリの粉はこの上の方に」

一番上の棚にあるダンボール箱。どうしても背が届かなくて必死に背伸びをしていたら、後ろから伸びてきた手がいとも容易《たやす》くそれを掴む。見上げたら私を見下ろしてニッと笑う朝陽の余裕ぶった顔。

「ちっちゃ、可愛い、ちっちゃ」

そう言って私の頭をよしよしと撫でた朝陽にムッとした。

「後はこれね、スポドリ用のジャグ。二回作らないとなんないかも」

「ありがとう、作ったら手伝いに来ようか？」

「いいよ、一人でも大丈夫！　あ、もしあーちゃんから指示があればすぐ戻るから声かけてね。今日はここの掃除に集中する」

学校指定のジャージの袖を腕捲りした私に、同じジャージを着た朝陽はふにゃりとしたあの笑顔を覗かせて、私の鼻の頭を親指で擦る。

「っ、何⁉」

「埃《ほこり》ついてた」

ホラと私に向かって親指の腹を見せてくれた朝陽。確かに黒い。恥ずかしくてハンカチを探した私に。

「待って、擦ったら真っ黒になっちゃうよ？」

ちょっと目閉じてね、と私の瞼や顔のあちこちをタオルで拭いてくれて。

最後に唇を、あれ？

「キレイになったよ、リッちゃん」

その言葉に目を開けたら間近に朝陽の顔がある。

「じゃあね、ご馳走様でした」

彼がニッと笑って部室を出ていってからその意味に気付いて。ズルリと崩れ落ちる。

やられた！　朝陽のバカッ‼

少しだけ唇に残る感触は、一度目のとは違う甘い余韻《よいん》を残した。


内地でいう梅雨、北海道にはない、と言うけれど私はあると思う。だって六月に入ると雨の日が多くなるんだもの。湿度が高くカビ臭くなるこの時期。私の知っている梅雨という言葉の意味にピッタリだと思う。ジメジメしてナメクジみたいにウダウダしている私にはお似合いの季節かも。

「あーちゃん、大丈夫かな」

　私の独り言のような呟きに麻友さんが、う〜ん、と唸る。

「捻《ひね》ってたみたいだしね。本人『音がした』とか言っていたし」

　二人で話しているとますますジメジメと暗くなりそう。麻友さんも私も責任を感じてしまっていた。


　ついさっき、帰りがけの教室でのこと。

「お願い、朝陽、リツ！　手伝ってほしいの！」

　あーちゃんのお願いならば、とすぐに頷いた私と。

「今度ラッピのチャイニーズチキン《チャイチキ》バーガー奢ってくれんならいいよ」

　ニヤリと笑った朝陽。

「奏太に奢らせるわ、リツにもね！　だって汚してんのアイツらだし」

　あーちゃんの『お願い、手伝って』は部室の掃除だった。長雨で閉め切った部室は入った瞬間にカビの臭いが充満している。汗をかいたまま放置したシューズなどがきっとカビの発生源。

「ごめんね、リッちゃん！　朝陽くん！　またご迷惑おかけします」

麻友さんの申し訳なさそうな顔に、大丈夫と首を振る。

「星、俺はどうしたらいい？」

「朝陽はまずバケツに水汲《く》んできて。五個あるからね。リツは全部の窓、今日は上の窓もね。あとロッカーの扉を片っ端から開けてってくれる？」

麻友さんとあーちゃんは険《けわ》しい顔をして、カビの生えたシューズと生えていないものを分別したり、いつからあったのか誰が脱ぎ捨てたのかわからないTシャツなどを拾い集めたりしている。ゴールデンウィークのお手伝い以来の部室は、あの時よりもっと悲惨な状況になっていた。

「リッちゃん、上の窓開けられる？」

普段は開けないその窓を見上げ、脚立《きゃたつ》を持つ私に心配そうな麻友さんの声。

「私でも届かなくて、星ちゃんにいつも開けてもらってるから」

私より少しだけ背の高い麻友さんでも届かなかったら、無理そうだ。朝陽なら届くんだけど、と見回しても、いない。そっか、バケツの水汲みに行ったんだっけ。

「ごめんごめん、リツ。上は私が開けるね」

あーちゃんが麻友さんと私のやり取りに気付いて駆けつけてくれて、左端から器用に横すべり出し窓を開けていってくれる。きっとあーちゃんにとってはいつものように。ただいつもと違ったのは。

「うそっ！　ちょ、いやあ〜っ‼」

響き渡るあーちゃんの悲鳴。振り返るとスローモーションのように、あーちゃんが脚立の天辺《てっぺん》から落ちた。

「痛いっ‼」

一瞬、上手く足で着地したかのように見えた、すぐ後。あーちゃんは床に倒れこみ、右足を抱え蹲《うずくま》った。

「星ちゃん‼」

「あーちゃん‼」

駆け寄る私たちを追い越す影があーちゃんの側に。

「星、どうした？　落ちたのか⁉」

倒れている脚立を見て朝陽はすぐにそう判断をしたのだろう。

「……、カエルがいてビックリして」

苦痛に顔を歪《ゆが》めながら、あーちゃんが指さす先には小さなアマガエル。私は近くにあったチリトリにカエルを載せて、外へと追い出した。

「カエルに驚いて落ちたのかよ、星も女子だったか」

「何さ、女子でしょうや！」

からかう朝陽に対し、怒りに任せて立ち上がろうとして、あーちゃんはやはりまた痛そうに顔をしかめた。

「星、これ痛いか？」

あーちゃんを床に座らせたまま、痛めただろう右足首を優しく動かそうとする朝陽に。

「痛いっ、落ちた瞬間グキとかバキッとか音がして」

「ちょっと、ごめんな」

朝陽はあーちゃんの靴下を下ろして、それから。

「腫《は》れてるな、保健室連れてくわ」

「え、ちょ、朝陽」

軽々と朝陽はあーちゃんを抱き抱えた。

「リッちゃん、麻友さん、下手したらこのまま病院行くことになるかも。奏太に伝えてくれる？」

「まさか、折れて⁉」

真っ青になった麻友さんに首を傾げた朝陽は。

「わかんない。もう足首腫れてきてるからさ、行くね」

「朝陽、歩けるから降ろしてって、恥ずかしい」

私たちの目の前を、真っ赤になったあーちゃんを抱き抱えた朝陽は部室を後にした。

「あーちゃん、大丈夫かな？」

「捻ってたみたいだしね。本人『音がした』とか言っていたし」

麻友さんもきっと私同様に自分の背が低いせいだって思っていそう。

「どうしようね、窓。朝陽くん、戻ってきてくれるかな？」

幾つか開いた上の窓を見上げて麻友さんが困った顔をしている。確かにこのまま帰るわけにはいかないし。

「あ、あの、奏太くんにお願いしてきます！」

体育館の隅で基礎練習しているはずだ。事情を話せば奏太くんなら、きっと——。

「助かった、さすが奏太くん！」

麻友さんの感謝に照れたように笑う奏太くん。思った通り、事情を話したらすぐに一緒に来てくれた。

「星の様子、そんなにヤバそうなの？」

「うん、朝陽くんが見たところ、足首が腫れてるって言ってたし」

本人の前以外では、朝陽のことはクン付けで呼ぶことにしている。

全然戻ってこない二人のことを心配しているところに、スマホがブーンと音を立てた。朝陽からの四人へのグループメッセージだ。

「函館ベイ病院に向かってるって、奏太くんにも連絡入ってると思う。朝陽くんとあーちゃんの荷物、家に持ち帰ってほしいって」

奏太くんも確認して、わかった、と頷いた。

「あーちゃんから麻友さんに。心配かけてごめんなさい、って伝えてほしいと」

「そんなの気にしなくていいのにね。でも、先生が病院連れてくってことはよっぽどだったんだ。朝陽くん、ナイス判断だったね！　かっこよかったし！」

麻友さんが朝陽のことを褒《ほ》めまくると。

「かっこいい？」

「うん、かっこよかったの‼　星ちゃんをお姫様抱っこして連れてったんだもの」

「へえ？」

奏太くんはそれを想像したのかニヤリと笑った。

「麻友先輩、今日はもう掃除終わり？」

「そうね、リッちゃんと二人じゃ高い窓も開けられないし、高い場所も拭けないし。また朝陽くんがいる時にしようかな」

「了解です。じゃあ、俺も早退して病院行って様子見てこようかな！　ね、リツ」

「あ、うん」

「そっか、あの二人の荷物持って帰らないとだしね。キャプテンには私から伝えておくからいいわよ、このまま向かっても」

ヒラヒラと手を振る麻友さんに見送られて、私は奏太くんと病院に向かうことになった。

病院までは徒歩で十分ほど。私はあーちゃんの、奏太くんは朝陽の荷物を手にして少し早足になってる。

「リツ、元気ない？」

「えっ」

「あ、星のこと？」

頷いたら、そっかと奏太くんが微笑んだ。

「大丈夫、星のことだから今頃笑ってっから。アイツ、ちっちゃい時に転んで頭五針縫《ぬ》ったんだけどさ、すぐケロッとして笑ってたし」

だから、と足を止め私に向き合って。

「リツがそんな顔しない。星が困るべ？」

「あっ、……、そ、うだよね、うん」

もう少しだけ、あーちゃんみたいに背が高かったら、あの窓を開けていたのは私だった。私ならカエルだって平気だし、あーちゃんが怪我をすることはなかったのにな。そう落ち込んでいたのが伝わってたみたい。

奏太くんの言う通りなのはわかってる。私が暗い顔をしていたら、あーちゃんが困るかもしれないもん。

「それに、星にとってはラッキーだったかもしんないっしょ？」

怪我をしたことがラッキー？　首を傾げた私を見て、奏太くんがハッとした顔をした。

「いや、何でもない。うん、何でもないから」

と何かを笑って誤魔化した。

病院のロビーで先生と二人を待つこと三十分。松葉杖をついて現れたあーちゃんに一瞬絶望的な気分になった。

「リツー！　奏太ー！」

私たちを見つけた瞬間にギプスで固定された右足をしっかりと床につけ、松葉杖を振って笑うあーちゃんに。

「水谷さん、一週間ぐらいは大人しく！」

「だな、治りが遅くなるぞ、星」

先生と朝陽にたしなめられても笑い飛ばし、器用にこちらに歩いてくる。

「捻挫《ねんざ》だったよ。折れてなかった」

ニッと笑うあーちゃんにホッとした瞬間、緊張の糸が途切れた。

「リツ？　ええ、ちょっと待って！」

泣き出した私にあーちゃんがアタフタしている。さっき奏太くんに言われたばかりなのに、安心したら涙腺《るいせん》が緩んだ。

「あーあ、星が泣かしたー」

奏太くんのからかうような言葉に、あーちゃんはウルサイと文句を言っていて。

「リッちゃん、大丈夫だよ。ちょっと腫れが酷いから本当は一週間安静にして、って言われたのにさ。それでも星が学校行きたいって駄々こねるから、医者も渋々松葉杖を貸してくれたんだよ。でも、星のこと褒めてた！　骨太で丈夫だから骨折に至らなかったって」

「朝陽、言うな‼」

朝陽の話に私も少しだけ笑うと、あーちゃんも苦笑い。

「でさ、リツと朝陽にまたお願いがあるんだけど」

ゴメンと手を合わせる、今日二回目のあーちゃんのお願いにすぐに頷いた。

私と朝陽へのお願いはちょっとだけ違った。

私へのお願いは、あーちゃんの代わりに朝練の手伝いに行ってほしい、ということ。しばらく自転車に乗れないので朝練には間に合わないだろうからとのことだった。幸《さいわ》い、朝練の内容を聞いたらボールを出したりホイッスルを吹いたりと放課後の練習よりは大分楽だと言うのでホッとした。

朝陽へのお願いは放課後の練習の手伝い。座ってできる声かけなんかはするけれど、今まであーちゃんがやっていた大半の仕事を朝陽にお願いしたいと。それと。

「登下校の鞄《かばん》持ち係、お願い」

ニッと笑ったあーちゃんに朝陽は呆れたように笑って。

「星、お願い多すぎ。まあ、怪我人だから仕方ない。松葉杖取れるまでは登下校は付き合うよ」

「やった、奏太に後で何か奢らせっから」

「なんで、俺だよ！　ざけんな」

先生が、あーちゃん家の前まで全員を車で送ってくれて、そこで皆と解散した。

「あーちゃん。放課後、私も手伝うよ？」

「ああ、いい、いい！　リツは朝だけで大丈夫だよ。後は朝陽に全部やらせるから」

「人使い荒っ‼」

そう言って朝陽が、あーちゃんのおでこを小突《こづ》くフリをした。

「リツ、送ろうか？」

奏太くんの気遣いに大丈夫と首を横に振り、したっけね、と三人に背を向け家に向かい歩き出す。

なんだろう、寂しい気分になるのは。あーちゃんが骨折してなくて本当によかったって思っているのに。

朝陽があーちゃんを抱き抱えた姿や、さっきのじゃれ合う二人を思いだしたら、ズキンと胸が痛くなった。

「成瀬さん、ちょっと聞いてもいいかな？」

放課後帰ろうとした私を呼び留めたのは、あまり話したことのない同じクラスの三人組女子。

「星ちゃんと朝陽くんって、付き合ってる？」

「え、っと？」

「だって朝も帰りも一緒でしょ？　仲良いし、もしかしたら、って」

一人だけ何も言わない子の表情が硬い。そっか、もしかしたら彼女は朝陽のことが……。

「違うよ？　あーちゃんの松葉杖が取れるまで鞄持ってあげてるの、家が近いから。だから、付き合ってはいないよ」

そう伝えてあげたら、パッと笑顔になって三人は「ありがと」と連れ立ち帰っていく。

解放されて私も帰ろうと歩き出し、渡り廊下からグラウンドを見下ろした。遠目でもわかるのは、ベンチに座るあーちゃんとその隣に立つ朝陽の背中だ。

お似合いだもんなあ、確かに。自然と落ちるため息と共にまた胸が痛んだ。

「リツ、今帰り？」

昇降口でバッタリ、奏太くんに会った。

「奏太くんは今から部活？」

「そうそう、うっかり居残り」

苦笑した奏太くんの微笑みが一瞬朝陽と重なるのはいとこだから？　どことなく似ていた。

「ありがとな、朝早くから練習付き合ってくれて」

「なんもだよ、一週間だけだし。もし延長必要なら言ってね？　手伝うから」

「ありがと」と笑った奏太くんが足を止めたから私も足を止めた。

「リツさ、絶対内緒にできる？」

真剣な顔をした奏太くんをじっと見上げた。

内緒って、なに？　私が不安気な顔をしたのをわかったんだろう。

「んな難しい話でもないんだけどさ、星のこと」

「あーちゃんの？」

「そ、協力してやってくんない？」

協力？　何の協力だろう？

「星さ、言わないけど。多分アイツのこと好きなんだよ」

その瞬間ドキンと心臓が大きく跳ね上がった。アイツと奏太くんが言うのは、彼しかいないだろう。

「朝陽くん？」

「そう。小さい頃から朝陽が遊びに来るたびに嬉しそうで、帰るとしばらく元気なくなるんだよ。すっげえわかりやすくて。今までだと絶対遠距離になるしって思ってたんだろうけどさ」

その後奏太くんは、今は近くにいるし、とか。朝陽の一番近くにいる女子は星だと思うし、とか。そういうことを言っていた気がする。

「リツ?」

「あ、うん……、ごめんなさい、なんだっけ?」

「したから、また四人で遊びに行こうって」

「ああ、うん! そうだね、行こう」

そうか、そうだったんだ。あーちゃんは小さい頃からずっと朝陽のこと好きだったんだ。

「時々二人にしてやろ、って。ごめんな、そうなるとリツの相手俺になっちゃうけど」

「う、ううん! こちらこそ、ごめんなさい。奏太くんのファンに怒られちゃうね」

「全然、俺はリツでよかったって思うし」

奏太くんの優しさに私は微笑む。

長雨が明ける頃には北海道にも初夏が訪れる。空が明るくなるように私の心の中のモヤモヤも晴れてしまえばいい。そうしたら、あーちゃんと朝陽のことを心から応援できる気がする。

今はまだ、無理だとしても……。

# 第三章　カラリとした夏の陽ざしは容赦なく肌を焦がす

「おはよ～！　リッツ」

朝練を終えたあーちゃんと朝陽《あさひ》が、教室へと入ってきた。この一ヶ月、二人一緒にいる姿は当たり前の光景になりつつある。

「おはよう、あーちゃん」

あーちゃんの足首の捻挫はすっかりよくなった。私は当初の予定よりもう一週間だけ長く朝練のお手伝いをして、その辺りでギプスが外れたあーちゃんと交代をした。あーちゃんはすぐに自転車に乗って朝練に。朝陽は何となくそのまま、本当のマネージャーのように朝練も放課後も部活に顔を出している。

「リッちゃん、おはよ」

「おはよう」

朝陽の目を見ずに小さく挨拶だけ。

朝陽は変わりがない。こうして学校にいる時も変わらずに接してくれるし、夜寝る前のおやすみメッセージも忘れないでくれた。

時折、理由をつけて私の家の近くまで来ては呼び出されて、そのたびに私は、後ろめたさを感じてしまっている。人づてにでも、あーちゃんの気持ちを知ってしまってから……。

「ねえ、朝陽。さっきの話だけどさ」

あーちゃんの真剣な眼差しに朝陽は、はぐらかすように笑う。

「だから、もうやらないってば。俺、膝やっちゃってるからね」

「聞いたことなかったけど？」

「星《あかり》に言ったことなかったでしょ？」

「奏太《かなた》だって言ってなかったもん！」

「奏太にも言ってないからね！」

目の前で言い争う二人を黙って見ていたら、私の視線に気付いたみたいで。

「あ、ごめんね、リツ。朝陽にもう一回サッカーやれば？　って勧《すす》めてたのさ。実はね、三年生が一人、大学受験を理由に早めに引退したいって言い出してさあ……、困ってんの」

進学校でもないうちの学校は、就職する人も多い。そのため、三年生は秋季大会を終えてから引退する人が大半だ。

早めに引退したいと言っている先輩は、奏太くんと二人でツートップを張っている肝心のフォワードポジション。他にもフォワードはいるけれど、その先輩ほどの技術はないそうで。

「朝陽ならできるんじゃない？　って誘ったのに、頑固でさ」

朝陽を睨むあーちゃん。それに対し、舌を出しはぐらかすように笑う朝陽。

前に奏太くんが言っていた。朝陽は小学生の時はクラブのジュニアチーム、中学に上がりジュニアユースにも所属していた将来有望のサッカー選手だったこと。

奏太くんがその話に触れようとすると、何となく朝陽はそれを笑って避けるのだ。

「あ、あのね、あーちゃん。ここ教えてほしいの」

どうしたらいいのかわからず、考え付いたのは数学の教科書を取り出して、あーちゃんに勉強を教わること。本当はわかっている問題だったけれど、二人の話を終わらせたかった。だって朝陽が困った顔をしていたから。

「ん、どれ？　あー、ちょっと待ってね、ノート見ながらの方が説明しやすいかな」

ノートを探すのに机の中に手を入れ、あーちゃんが俯いた一瞬、朝陽と視線が交わった。私にだけ苦笑した朝陽は、あーちゃんから逃げるように、静かに席を離れトイレに向かっていく。

「あ、朝陽め、逃げたな！」

チッと舌打ちしながらも、あーちゃんは丁寧に数学を教えてくれたから申し訳なくなってしまった。


「リッちゃーん！」

いつもの街灯の下、オレンジ色に照らされた朝陽が手を振っている。

「今日こそは」

「ごめん、忘れちゃった」

手紙を返してもらえることなく、もう夏の匂いがしている七月半ば。やっぱり持ってきてはいないと思っていたから、最早《もはや》諦めつつある。

朝陽はきっと他の誰にも私のことは言わないだろうと、信じているから、本当は手紙はいつだっていい。

それよりも、気になることがあって、今日は素直に朝陽の誘いに乗ったのだ。

「ねえ、リッちゃん。なんで」

「ん？」

「なんで、夏なのにちょっと寒いんだろうね？」

「夜だからでしょ」

「夜だって東京は暑いよ、熱帯夜になるよ？　もうすぐ」

「……湿気が少ないからかな？　もしかしたら」

あ、そうかも！　と答えを見つけて嬉しそうな顔をしたすぐ後で。

「リッちゃん、今日はありがと」

少しだけ寂しそうな顔を覗かせた。

「何がさ？」

何となく朝陽が言いたいことはわかっていた。無理に言わなくてもいいよ、とできるだけぶっきらぼうに撥《は》ねのけたつもりだ。

「あのね、リッちゃん」

出逢ってから初めてこんな顔をした朝陽を見た気がする。深刻に思いつめたような顔を。きっと、すごく怖いんだ。怖いよね、誰かに大事なことを伝えるのはいつだって。

「朝陽、それ今私に聞いてほしい？　本当は言いたくないいんじゃないの？」

まるで懺悔《ざんげ》でも始めるような顔をした朝陽が悲しすぎて、一瞬だけ考える隙を与えてみた。

「うん、ごめん……、本当は話すのに、もう少しだけ時間が欲しいかな」

朝陽が誤魔化すように笑う、泣いているように笑っているから。

おいで、と手を広げてみたら大型犬のようにバフッと私に飛び込んできて一瞬よろけた。踏ん張って転んでしまわないように受け止めて、ギュッと強く抱きしめると。

朝陽は私の肩の上に頭を載せて泣いていた。

「いつか、リッちゃんに聞いてほしいことがあるんだ」

無言のまま頷いて泣き虫の朝陽を泣き止ませるように、大きな背中をゆっくりと撫でる。

無理に言わなくていい、いつか朝陽の気持ちの整理がついた時でいい。

気付いてたんだ、朝陽が時々苦しそうな顔をするのはサッカーの話になった時だということ。朝陽もまた、その苦しそうなものに蓋をして自分の気持ちをミュートしていること。だって、母さんといる時の私みたいな顔をしていたんだもん。

「じっちゃん、明日から夏休みなんだけどさ。今日だけ遊んで来てもいい？」

朝ごはんを食べながら、じっちゃんにお伺《うかが》いを立てた。

「リツ、まーだ遠慮してんのかい？　いいべさ、高校生だもの。渉《わたる》なんか、高校生の時はしょっちゅう夜遊びしてな。たまに夜中に抜け出して遊びに行くから、そん時ばかりは、ばっちゃんにゲンコツされでら！」

今は市役所勤めなんかしている、あの真面目な父さんが⁉

「まさか、朝まで遊んでくるわけでねえべ？」

「まさか！」

「あまり遅くなんないならいいさ。カラオケさでも行ってくるのかい？」

「違うの、映画！」

「したらホラ、チケット代いるべ？　昼も夕飯も食べるなら」

「したから、大丈夫だってば！　ちゃんと母さんから小遣いもらってるから」

それは本当だ、毎月一日になると私の郵便局の口座に一万円も入ってる。

じっちゃんにお金で迷惑をかけないようにと生活費も入れようとしたみたいだけど。

『まだ働いてるし、年金だってあるもの。孫一人くらい食わせでやれる。その分貯めておいでやれ、拓《たく》だってまだお金かかるんだから』

と断ったらしいのだ。私が弁当のおかずに困らないようにと、いつも冷蔵庫の中を充実させてくれている。じっちゃんには本当に感謝しかない。

もしも大学に行かせてもらえるなら、私はずっとここから通いたい。じっちゃんの側にいたい。

「ほれ、時計見てみれ、リッ！　急がねば！」

「あ、うん。ごめん、片づけなくて」

「いい、いい！　早く行け、遅刻すっから！」

玄関まで見送ってくれたじっちゃんに手を振り自転車に乗る。

「行ってきます〜！　遅くなんないうちに帰るからね〜！」

「気いつけて、行ってこい〜！」

は〜い、と手を振り坂を一本下りて右に曲がる。並行して見える海がより一層青さを増して陽ざしを受け煌《きら》めいている。でもそんなキレイな景色に目を向けたのは、たった一瞬。目の前だけを見つめて必死に自転車を漕ぐ中で。

「リツ、おはよう！」

後ろから追いつき、並んできた自転車は奏太くん。

「おはよ、リッちゃん」

「やだ！　リツまでギリギリ」

その後方には朝陽、そしてあーちゃんが笑ってる。

「リツ、映画楽しみだな」

奏太くんの笑顔に含みがあるように見えるのは、二人だけで約束をしたからだ。映画の後にはぐれたフリして、朝陽とあーちゃんを二人きりにしようって計画を持ち掛けられて、少しだけ笑って頷いた。

私、うまく笑えていたのかな?

「あの二人、今頃、何してんだろ?」

映画館を出た後、奏太くんとベイエリアの赤レンガまで歩いて移動した。

おそらく二人はまだ駅周辺にいるだろう。

映画館から出て、先に朝陽とあーちゃんを歩かせた。

前を歩く二人に気付かれないように、道路の反対側に向かって信号を渡る。それから筋違いの道を抜けて駅に向かった。

向かい側から最後に見た、あーちゃんの横顔がすごく楽しそうで可愛かった。

夕飯を食べて帰ろうという奏太くんの提案で、駅前に止めた自転車を取りに行く。隣にはまだ朝陽とあーちゃんの自転車が止まっていた。

いつも四人で行くラッピではなく海の見えるレストランは、観光客に人気のシーフードが売りのお洒落なお店で、一度来てみたかった憧れの場所。

「リツ、何食べる？　泣いたから腹減ったっしょ？」

からかうような奏太くんの声に、少しだけ黙る。だって正解なんだもの。

映画は、好きな人とすれ違っちゃう失恋物語。

お互い思い合っていたのに少しずつズレて好きなのに結ばれない。

恋愛映画があんなに泣けるものだったとは！　私ってば、この年になるまで知らなかった。少しはそういうのがわかる年頃になったのかな？

「リツの顔がわかりづらい、ごめん、からかったから怒ってる？」

「違うよ？　怒ってないの、ただ奏太くんの言うことが当たってたから」

それを聞いた奏太くんはホッとしたように笑った。

泣いたら本当にお腹が空いちゃった。なんであんなに泣いたんだろう。

「したら、いっぱい食べよ？　俺ウニクリームパスタにするかな」

「えっ？」

私もそれにしようとしてた‼　思わず声を上げたら奏太くんの目が細くなって。

「半分こする？　パエリアも気になるし」

うんうんと何度も頷いたら奏太くんは楽しそうに笑ってくれる。

スマホを見たら、朝陽から私に『今どこにいるの？』というメッセージが二度入っていた。

グループメッセージには何も届かない。あーちゃんは今日のこと、知っていたのかもしれないな。

「あのさ、リツ」

「うん？」

「リツは好きな人とか、いないの？」

帰り道、奏太くんの言葉にドキッとした。

「いないよ」

いない、いない、そう思っていたい。浮かんだ顔に胸が苦しくなる。

今頃、何してるんだろう？

「そっか、じゃあよかった」

「ん？」

私の家の前まで送ってくれた奏太くんが、したっけねと手を振り歩き出してから、何かに気付いたように戻ってきて。

「時々、部活が休みの日に、誘ってもいい？」

ああ、またあの二人のために協力して、ということか、と微笑んで頷いたら。

「したら今度は二人で遊びに行くべ？」

手を上げて嬉しそうに帰って行く奏太くん。二人で？　なんで？

その答えがわからないまま、その三十分後朝陽から呼び出しがかかったのだった。

「なんで連絡くれなかったの？」

いつものオレンジ色の街灯の下、不貞腐《ふてくさ》れた顔で朝陽がガードレールに腰かけていた。

「ごめん、気付かなかった」

「はい、嘘ー！　すぐ既読になったし！」

やっぱり、バレてた。

「奏太とのデートは楽しかった？」

「は？」

「星が言ってた、二人にしてあげようって」

「そういうつもりじゃなくて、」

「奏太に告白された？」

告白？

「されてないよ、なしてそうなってるのさ」

「だって星の話だと奏太がリッちゃんのこと好きみたいだ、って」

「違うべさ、したって奏太くんはなんも、」

言いかけてから帰り際の『したら今度は二人で遊びに行くべ？』を思い出して黙ってしまうと。

「やっぱりかあ」

参った、と朝陽がしゃがみ込んで俯いた。

「いとこだからさぁ、食べ物の好みも似てるし、やることも笑いのツボもそっくりだってよく言われるけどさ……、まさか」

そう言って朝陽は、はあと大きなため息をついた。

「参ったわ、本当に」

立ち上がり私を見下ろした朝陽は寂しそうに笑う。

「リッちゃん」

「なに？」

「奏太ってすげえいいヤツだから、よろしく！」

「なに、言ってんのさ⁉　いきなり意味がわかんないってば」

眉間に皺を寄せた私の頭に、朝陽の大きな手の平がそっと置かれ、ポンポンとまるで子供を諭《さと》すような仕草をした後で。

「ハイ、リッちゃん」

ポケットから出したのは、封筒。そう手紙だ、私が書いた遺書紛《まが》いのもの。

なんで今になって？

朝陽の真意がわからなくて何も言わずに受け取った私は、自分の名前が書いてある部分をじっと見つめた。

「ゴメンね、今まで返さなくて」

「なして、今？」

私の問いには答えずにじゃあね、と他人行儀な顔をした朝陽は背を向けた。

少しずつ遠ざかる朝陽の背中に向かって。

「ねえ、意味わかんないんだけどっ」

私の声にも振り向かない。

「なして？　ねえ、朝陽!!　なして？」

意味がわからない。だけど、これだけは、わかる。

朝陽が夜の散歩ついでに、私のところに来ることは、もうないんだってこと。

「意味わかんない……」

朝陽の背中が闇に紛れて見えなくなって、それはまるで永遠の別れみたいで。

「朝陽のバカ」

独《ひと》り言《ご》ちた瞬間、涙が落っこちた。


あーちゃんからマネージャーヘルプが入ったのは、夏休み二日目のことだった。

正直、気が重い。だって、会いたくない人がいる。

朝陽からのメッセージはあれきり一度も届いていない。

嘘つき、嘘つき。どこの誰が言ったんだ！　一日一朝陽だなんて！

たった二日だ、まだ二日だというのに、スマホにメッセージの知らせが入るたび、もしかして、なんて期待してしまう。バカみたいじゃん、自分。

『奏太ってすげえいいヤツだから、よろしく！』

奏太くんがいい人なのは知ってるけれど、何で朝陽が勧めてくるのよ？

人の初キスも二回目のキスも奪ったくせに、どういうつもりなの？

……そんな風に思ってしまったら、まるで私が朝陽のこと好きみたいですっごく腹が立つ。考えれば考えるほど、悲しい、悔しい、そして怒りに変わって、また悲しいを繰り返す。

あんなヤツ知らない、やっぱり東京の男の子なんて遊び慣れてるんだ。

そうやって日に何度も朝陽のことを考えないようにしようって決めるのに。入ってきたメッセージにやっぱり反応しちゃって、そしたらあーちゃんだったんだ。

『助けて、リツー‼　明日から、しばらく手伝ってもらえないかな？』

あーちゃんの頼みならば何を置いても手伝いたかったけれど。

行ったらいるでしょ？　顔も合わせたくないよ！

だけどどう断ればいいのかもわからずに、既読のままで返信できずにいると。

『麻友《まゆ》さんが予備校に抜ける時間は、朝陽がいるからと思っていたんだけどね、当てがはずれちゃって。もしかしてリツ、バイトか何か始めてたり？』

ん？　朝陽がいないってこと？

『朝陽くん、いないの？』

『うん、だから私一人しかいない時間が多くてさ』

朝陽、もしかして東京に帰省とかしてるのかな？

『わかった、いいよ！　何時に行けばいい？』

『ありがとう、リツ！　本当にありがとう！　朝、八時半にグラウンド集合、大丈夫？』

大丈夫だよ、と返信しながら、気になるのはやっぱり朝陽のことだった。でも、自分からは連絡なんて絶対しない。もう、朝陽なんてどうでもいいもん。

それなのに――。

どうでもいい、と思ったはずの人が目の前にいるのはどうしてだろう？

「おはよ、リツ！　急だったのに、ありがとうね！」

ビブス姿の奏太くんの笑顔。その横に同じようにビブスを付けた朝陽が気まずそうな顔で立っていた。なんで？

確かに、あーちゃんは嘘は言っていない。

マネージャーとして朝陽を当てにできなくなった、と言っていたんだもの。それに対して、どうして？　と尋ねなかった自分が悪い。

まさか、朝陽が部員として入部したなんて！

一昨日、夏休みの練習初日に秋の試合に向けて実力を測るために紅白戦をしたのだそうだ。

予備校に行った三年生が抜けたため、四チーム作った時にフォワードが足りなくなる。誰かが二チーム掛け持ちするというのはこの夏場にはとてもキツイ。

そこで奏太くんが朝陽に助っ人を頼んだらしく。

「震えたわ、ビックリしたもん」

あーちゃんが手際よくドリンクを作るのを横で真似する私。

やや興奮気味のあーちゃんが一昨日の紅白戦での朝陽の活躍を話してくれた。

「奏太だって、この辺りの学校じゃ相当うまいじゃない？　でも朝陽の実力はその上だったわけ」

一試合四十分だけ、つまり普通の試合の前半だけの時間。

総当たり戦で一人三回は出場しなくちゃならないし、夏の暑さでどんどんバテていく。

そんな中で最後までバテずに走りまわっていたのが奏太くんと朝陽だったと。

同じチームだった二人は、さすがいとこ同士、息もピッタリで二人でそれぞれ三試合で五点ずつ得点をしたとか。

そりゃもちろん、皆が一目置いちゃったわけで監督もすかさず朝陽に直談判。

「全道大会でいつも準決勝止まりでしょ？　奏太と朝陽がいれば今年こそ全国大会も夢じゃないんじゃないかって」

チラリとピッチを見たら奏太くんと二人でじゃれ合うようにボールを奪い合う姿が見えた。

……、なんだ、楽しそうじゃん。心配して損した。

『いつか、リッちゃんに聞いてほしいことがあるんだ』

朝陽が泣いた理由は、サッカーに関することだとばかり思っていたけれど、違ったのかな。

「リッ！」

「うん？」

「ドリンク溢れてるって！　まさか、熱中症とかじゃないよね？　ただボーッとしてただけだよね？」

「うん、ただボーッとしてただけ」

心配してくれたあーちゃんにゴメンと謝って、自分の仕事に集中することにした。

「リッは夏休み中、ずっと来られる感じ？」

四人での帰り道、奏太くんからの質問に頷いた後で思い出す。

「お盆は、もしかしたらちょっと無理かもしれない」

「大丈夫、お盆は俺らも休みになるから」

ならよかったと、奏太くんと並んで自転車を押しながら前を歩く二人を見た。

　結局、私は今日は一度も朝陽と話をしていない。もしかしたら、このままずっとこんな感じなのかもしれないな。

「お盆、実家帰るの？」

「ううん、お墓は元町にあるから、家族がじっちゃん家に来るのさ、毎年ね」

「リツは実家の方に帰らなくていいの？」

「うん、昨日連絡しといたよ」

「父さんとか母さんとか寂しがってるんじゃないの？　大丈夫？」

　奏太くんの言葉にドキッとした。

　昨夜、母さんにメッセージを送った。電話よりは緊張しないから。

『夏休み中、サッカー部のマネージャーすることになって家に顔出せないかもしれないさ。何も手伝いできなくてごめんね』

　ほんのちょっとだけ期待した。

『ああ、そうなの？　わかったわ、暑いから気を付けて。じっちゃんにもよろしく』

　そうだよね、母さんならそう言うと思ってた。

　だけど、どこかで『たまには顔出しなさいよ』とか冗談でもいいから。寂しがるフリでもいいから……。

「リツ？」

思い出し黙ってしまった私の顔を、覗き込む奏太くんにハッとして、何でもないと微笑んだ。

ふと足を止めた朝陽が、突然私たちの方を振り返り。

「ねえねえ、港まつりって皆で行く？」

「は？　何だよ、いきなり！　そりゃ、行くべな？」

話を振られた奏太くんが私とあーちゃんを見て確認している。

「行きたい、また四人で行こ‼」

笑ったあーちゃんに私も同意して頷くと。

「んじゃ、よろしく！　函館名物いか踊りだっけ？　振り付け知らないから、教えてね」

朝陽が前を向く一瞬前、目が合って微笑んだ、気がした。

もしかしたら、いや、絶対違うとは思うけれど。

朝陽は私の実家の話を変えようとしてくれたのかもしれない、なんて。

うん、気のせいだ、絶対に！

サッカー部のマネージャーが過酷なのは、側で見てわかっていたつもりだったけれど、こんなにも体力勝負だなんて……。

「……っしょ？　リツ」

「え？」

「もう、またボーッとしてる。したからさ、八月一日の花火大会と三日のいか踊りは絶対行こうね、って言ってんの」

「うん」

そうだった、港まつりの話してたんだっけ？

ボールのチェックをするあーちゃんから、手入れが必要なものを渡され、隣で空気を入れる作業。

いくら木陰《こかげ》での作業とはいえ七月の終わり、ピッチ脇は草いきれのムワッとした熱さが籠っている。まだ午前中なのに二十五度をとうに超えているようだ。

今年の夏は酷暑《こくしょ》との予想だし、ここのところ雨も降っていないから、湿気も無くカンカンと乱暴に降り注ぐ陽ざしがジリジリと肌を焦がす。

初日油断して無防備だった頭の天辺の地肌が灼《や》けた。数日経っても未だにシャンプーが沁みるように痛い。

それを教訓に帽子も用意し、Ｔシャツの上から陽ざし除《よ》けのカーディガンを羽織り、顔や首や手の甲にはしっかりと日焼け止めを塗《ぬ》っている。完全防備なわけだけど、この格好は地味に暑すぎる。

「リツ、水分だけは取っておいてね、顔真っ赤だし」

顔の毛穴から噴き出す汗を拭いながら、あーちゃんに頷いた。

「んでさ、花火大会の日」

「うん」

「お願いがあるんだけど」

あーちゃんの顔をチラッと見たら何だか少しはにかんだ笑顔。聞きたくない気がする。

「途中、二対二で分かれない？　リツと奏太、私と朝陽で」

……、やっぱり、かあ。

いつもなら、きっと普通に「わかった」って笑ってた私。

だけど今日は気付かないフリをしてみたんだ。

「……なんで？」

「え、っと。奏太から聞いてない？　私、ね、」

恥ずかしそうに微笑むあーちゃんが可愛かった。

「朝陽のこと、好きなんだ。実はずーっと」

「そう、だったんだ」

ずーっと……。

初めて聞いたような顔で驚いてみせた。こんなことをしている自分が嫌いだ。

「リツはどう思ってる？」

「え？」

ドキッとした。もしかして、あーちゃんは気付いているの？

「奏太のこと、どう思ってる？」

改めてそう問われてホッとして、でも別の意味でまたドキッとする。

「友達、だよ」

あーちゃんから目を逸らして笑い、ボールに空気を入れる。

「リツに好きな人がいないなら、奏太のこと考えてみて？　アイツ、いいやつだし。リツのこと気になってるのは確かだよ」

まるで数日前のデジャブみたいだなって、微笑みながら頷いた。

「取ろうか？」

脚立を使わずに、ロッカーの上にある救急箱に背伸びをしていたら、後ろからそんな声がかかった。

私の真後ろに立つその人は軽々と手を伸ばし取ってくれて、「はい」と私に手渡してくれる。

「ありがとう、奏太くん」

「どういたしまして」

いつかの似たようなやり取りは朝陽とだったな、なんて思いながら奏太くんの横をすり抜けようとしたら。

「リツ、花火の話聞いた？　星から」

「あ、うん」

何となくその話を奏太くんとしているのが居心地が悪い。

部室の中は窓も扉も開けっ放しとはいえ二人きりだし。今日は風がないせいか暑さも籠っているし。

色んな理由があって、早くここから抜け出したくなってしまう。

「楽しみだね！　浴衣《ゆかた》着る？」

「浴衣は……実家に置いてきたまんまだから、着ない……」

「そっか、残念。リツの浴衣姿、見たかったな」

奏太くんの言葉をイチイチ意識してしまいそうなのは、あーちゃんや朝陽の話のせい。

何となく困っている。

本人からは何も聞いていないのに、周りからお膳立てされているみたいな状況。

奏太くんは素敵だし、優しいし、いい人だ。でも、二人きりはやっぱり困る。

誤魔化し笑いしかできずに沈黙が続くと、どこからかミーンミーンという大きな蝉《せみ》の声だけが部室の中に響いてきて、それが止んだら一瞬の静寂が訪れた。

「ここ、暑いな。リツも早いとこ、外出なよ？　外の方がまだ涼しいから」

静けさに先に耐え切れなくなった奏太くんが、じゃあと外に出ていく。

一人になって少しホッとした私はベンチに救急箱の中身を並べる。その前にしゃがみ込み、あーちゃんから聞いたメモを元にチェックをしていく。足りないものはないか、予備はどれぐらいか。

チェックを終えて箱の中に戻し、立ち上がろうとした瞬間、目の前が真っ暗になって耳の中でキーンと音がした。

ヤバイ、なんかダメだ、これ。そのましゃがみ込み、ベンチによりかかる。

立ちくらみか貧血か？　熱中症かな？　わかんないけれど。

いずれにせよ、これはマズイ、気持ちが悪い。グルグルしてきて、そのまま意識が遠のいた。

遠い場所で誰かが呼んでいる気がした。

目が覚めたら真っ白な天井が見えた。

ぼんやりと視界に映り込んだのは、心配そうな顔をした、母さんだった。

なんで、母さん？　夢、かな？

「……、母さん？」

「具合悪くない？　吐きたいとかないの？」

「うん、今は……」

周りの状況を確認しようとして見上げたら点滴、それは自分の腕に繋がっている。

何となく思い出してきた、夢じゃなさそうだ。

「ここ、病院？」

「んだよ、熱中症だってさ。学校から連絡貰ってビックリしたわ」

「あー……、ごめんね、心配かけて」

連絡先は実家になっているから、きっと電話が入ったのだろう。

部室で目の前が真っ暗になって気持ち悪くなったことを思い出した。

母さんが枕もとのナースコールボタンを押して、私が目覚めたことを伝えると。お医者さんと看護師さんがやってきて、脈を測ったり簡単な質問に答えた。

「点滴が終わって気持ち悪くなければ帰っても構いませんよ、意識もはっきりしているみたいですし」

「家にですか？」

「ええ」

母さんとお医者さんのお話をボンヤリと聞きながら。

家って、どっちだろう？

お大事にと出ていったお医者さんに、ありがとうございました、と頭を下げた母さんが小さなため息をつく。

それが安堵のため息なのか、面倒ごとに巻き込まれたため息なのか。

背中だけじゃわからなくて、唇を噛みしめた。

「救急車に一緒に乗ってくれた保健の先生は、さっき学校から呼び出しがあって帰っていったけども。友達がさ、あんたの目が覚めるまで待ってるってまだロビーにいるんだよ、呼んでくるかい？」

「あ、うん」

きっと、あーちゃんだろう、心配かけちゃったし謝らないと。

「どうぞ、さっき目が覚めたばっかりだから、まだちょっとボンヤリしてるけど」

しばらくして開いた扉、母さんの後ろから、あーちゃん。それから、奏太くんと朝陽まで？

あーちゃんに至っては目が真っ赤だ。

「母さん、退院の手続きしてくるからさ、悪いけどリツのこと少し看《み》ててやってね？」

笑顔を浮かべて母さんは部屋を出ていった。気を利《き》かせてくれたのかもしれない。

「リツ、大丈夫？」

涙目のあーちゃんに大丈夫と頷いたら、私に抱きついて泣き出した。

泣きながら話してくれたあーちゃんによると、最初に私を発見したのは一年生部員。人が倒れてる、という叫び声で一斉に部室に駆け込むと、汗だくの私がぐったりしていたとか。

私の顔色や呼吸を見た朝陽がすぐに熱中症だ、と気付いてくれたらしい。

保健室から先生呼んできて！　星はできるだけたくさんアイシング持ってきて！

ジャグ運んできて！　とテキパキ周囲に指示を出して。

それから奏太くんと二人で私を木陰に運んで身体を冷やしてくれていたと。

「あーちゃん、心配かけてごめんね。奏太くんも朝陽くんもごめんね」

二人とも神妙《しんみょう》な顔をして首を横に振る。

「倒れる前に俺がリツの顔色にもっとちゃんと気がついてたらよかった……」

「ううん、奏太くんはちゃんと外の方が涼しいから早く出てって言ってくれたよ？　私がボヤボヤしてたからさ」

「ごめんね、リツに部室行かせたの私だもの。まさかこうなるなんて思わないで、暑かったよね、ごめんね、リツ」

また泣き出したあーちゃんを、もう大丈夫だから、と抱きしめ返す。

「……リッちゃんに何もなくてよかった」

ポツリと小さな呟きに顔を上げたら、朝陽は私から目を逸らした。

その横顔がいつか見た、泣いているみたいな不安げな顔をしているように見えて。

だけど、ここにいるのは私たちだけじゃないから何も声をかけられないでいた。

それから少し後、母さんが病室に戻ってきて帰り支度を始めている。

「リツ、花火大会行ける？」

奏太くんの心配そうな声で気付く。あ、そっか、三日後だった。

「多分、」

大丈夫、そう言いかけた私の返事は。

「ダメに決まってるっしょ」

という母さんの一言にかき消される。

「ごめんね、悪いけども倒れたばっかりだし、まだ出すわけに行かないわ。せめて一週間は家で安静にしなさい、リッ」

顔は笑っていたけれど母さんの語尾がきついことに多分皆気付いちゃったかもしれない。

普通の家の子だって、思われていたいのに。


病院の前で三人と別れ母さんの車に乗った。

母さんの白い軽四に二人で乗るのはいつ以来だろう。エンジンをかけてもすぐに出発せず。エアコンの風がヒューっと少しずつ冷たい空気に変わっていく。

三人との何となく気まずい別れ方にシュンとして俯いていた。

「リツば花火に誘った子、彼氏でないよね？」

「違うよ、友達だから」

「したらもう一人の男の子は？」

「あの人も友達だよ」

なぜ、いきなりそんなことを言うのだろうか。

「今どきの高校生はすぐ付き合うだの、別れるだの、ってなるんだからさ。自分が傷つくようなことするんじゃないよ」

母さんの言い回しが妙に生々しいものを指しているようで、黙りこくってしまう。

「まさか、もう誰か付き合ってる人とか」

「……いないよ、いるわけないっしょ。心配しなくてもいいよ、母さん」

心配？　違う、信用されていないんだ、私。

「ならいいけどもさ、気を付けなさい」

そんなこと言うけどさ。

母さんと父さん、高校の時から付き合ってたって聞いたよ？　私が出来たから早くに結婚したんだってことも。

それなのに、そんな変なこと言われたくない、母さんには。

「母さん、私じっちゃん家に帰る」

帰る、という言い方は私なりの反抗だった。初めての反抗だったかもしれない。だけどキッと私を睨んだ母さんの顔がすごく怖かったから。

「涼しいんだよ、部屋。父さんがエアコン付けてくれたから寝やすいのさ」

実家にはまだエアコンがないことを、理由として後付けした。

「わかった、したらじっちゃん家に送るわ」

やっとアクセルを踏んだ母さんの車は、じっちゃんの家の方向にウィンカーを点けた。

「したけど花火大会はダメだから。絶対行くんでないよ、じっちゃんさも言っておくからね？　子供同士で夜遊んで歩くなんて絶対ダメだから」

子供扱いしてみたり、さっきはおかしな部分で大人扱いしてみたり。

中途半端だ、私の扱いはその時々で都合がいい形に変わる。

「お盆にはじっちゃんの家に行くから、何か食べたいものあったらそれまでに言いなさい、作っていくから」

それでもこうして時々かけてくれる優しい言葉に、私はまた翻弄《ほんろう》されるだけだ。

「リツ、本当に行かないのかい？」

「いいんだよ、こっからも花火見えるもの」

友達と出かけてくればいいのに、と相変わらずじっちゃんは私に甘いけれど。母さんのことだ、きっと花火大会の時間に合わせて電話してきそう。じっちゃんに迷惑かかるのは本当に嫌だ。

花火の上がる場所は函館駅の裏手の方、いつもよく見えているあの摩周丸の光の辺り。

それであれば二階の私の部屋の窓はビューポイントだと思うし、何なら窓枠のおかげで切り取られた絵画のように見えるかもしれない。

じっちゃんは毎年家の前に椅子を置いて眺めているらしい。

奏太くんと二人は気まずかったけれど、皆と一緒に観られたら楽しかったな。

十八時、花火を観るために少し早めの夕飯を済ませた時だった。

「こんばんは～！」

聞き覚えのあるその声が玄関から聞こえて顔を出すと。

「なして？」

さっき考えていた三人が笑顔でそこに立っていた。

「したって、リツ花火大会行けないって言うんだもん。寂しいっしょや、したから遊びに来ちゃった」

「リツの家って丁度花火見えそうじゃない？　って朝陽が言い出してさ」

「いいポイントだよね、絶対」

見ると手には焼き鳥やらラムネやら、家から持ってきたのかスイカやトウモロコシまで。

「リツ、上がってもらいなさい。してさ、誰か茶の間からソファーばリツの部屋に運んでけれ」

「じっちゃん？」

「したって、リツの母さんは行かせたらダメだって言ってらけど。来たらダメだってじっちゃん聞いてねえもの」

とぼけた顔をして笑うじっちゃんに、嬉しくて泣きそうになってしまう。

「ほら、早ぐ上がれ。用意しねば花火上がってまうど！」

「お邪魔しますっ‼」

浴衣姿のあーちゃん、甚平《じんべい》姿の奏太くん、それから普段のTシャツに短パンの朝陽が次々に家に上がり込む。

「花火大会終わったら、花火やろ？」

朝陽の耳打ちに首を傾げる。終わったら花火って？

この大切な友人達のおかげで、今夜私は部屋から一人であの賑やかで華やかな光を眺めなくて済んだのだった。

花火が上がる五分前に家の電話が鳴った。

きっと母さんからだろうと思ったので、皆に静かにと合図を送って私が出る。案の定確認の電話で、私が家にいることに母さんは安心してた。

私の部屋の窓の前。奏太くんと朝陽にお願いをして机を退《ど》けてもらって、そこに低いテーブルを置いた。テーブルの上には皆が持ち寄ってきてくれた食べ物がいっぱい並ぶ。じっちゃんがスイカを切ってくれた。

奏太くんと朝陽が一生懸命下から運んできてくれた三人掛けのソファーもセッティング。もう一人は私の机の椅子。

目の前の窓から函館港の景色が見えている。

「なまら眺めいいな、ここ」

私の椅子に座った奏太くんが枝豆をつまみながら笑う。

いつもはお盆時期に東京からやってくる朝陽は、この花火大会を観るのは初だと言うのでソファーの真ん中に。

私が椅子のつもりだったのに奏太くんが代わってくれたのは、きっとソファーの方が座り心地がいいという優しさからだ。

部屋の電気を消して、その瞬間を待つ。

花火が打ちあがるひゅーという音と、ドンッという破裂音が響き渡り、夜空に咲く大輪の花。

一発目の花火が上がった瞬間、その美しさに顔を見合わせて笑った。

次々と上がる花火を見守るようにして、つまみを口に運ぶ。

私の部屋から観る花火はコンパクトで、本当ならばもっと近くで見られていたはずなのに。

ごめんね、だけど一緒にいてくれてありがとう。三人には感謝しかない。今夜、この綺麗な花火を一人で観てたら、きっと寂しかった。

ふと、暗闇の中で右隣にいる朝陽からの視線に気付いた。

奏太くんや、あーちゃんには気付かれないように私も視線を合わせたら逸らされる。

じゃあ、何で見てたのよ……。

少しの寂しさを噛みしめた刹那《せつな》、私の右手を握る手にドクンと心臓が音を立てた。

「来年もリツの家で観たいね」

奏太くんの声に頷く私は、朝陽と繋いだ手を解けないままで、二人に知られないように、指を絡め合う。

体の右側だけ、体温が上昇していくみたい。

さすがに祭りの三日目は家にいた。

万が一でも母に遭遇するとも限らないし、またここに電話が来るかもしれない、そう思ったのに結局電話は来なかった。

だったら行けばよかったかもと思ったけれど、時々スマホに届く動画に笑いがこみ上げ元気を貰えた。

奏太くんと朝陽が楽しそうにいか踊りをしている動画、賑やかな囃子《はやし》にあわせて「函館名物いか踊り」と歌う声まで入っている。

もちろんそれを録画して送ってくれたのはあーちゃんで、朝陽がカメラ目線でこちらに手を振っている。

その視線が今までとは少し違うような気がするのは、私の自惚《うぬぼ》れかもしれない。けど、朝陽が笑っているのを見たら嬉しくなってしまうんだ。

――あの日。

花火大会が終わって二十一時に解散した、はずだった。

家に帰ったはずの朝陽から、久しぶりにメッセージが入ったのは一時間後。

『いつもの場所で待ってる』

もう行く口実なんてない。ないのに、電気の消えた階下、もう眠ってしまったじっちゃんを起こさないように静かに家を飛び出した。

あの時、どうして奏太くんのことを私に勧めて手紙を返してくれたのか。あれ以来ずっと連絡を寄こさなかったのはなぜか、とか。一日一朝陽なんて嘘だったじゃん、って。

言いたいことはいっぱいあった。

さっきはどうして手を繋いだの……？　なんで、またこうして誘うの？

「リッちゃん！」

でも、私を見つけて嬉しそうに手を振るその笑顔に全部飲み込まれてしまうんだ。

久しぶりに見る光景に胸がドキドキしちゃってる。

「なにさ？」

気持ちとは裏腹に出てしまう自分のつっけんどんな台詞に腹が立つ。

もう少し「さっきぶり」とか「どうしたの？」とか声のかけようもあるはずなのに、

顔にはきっと気持ちが表れちゃってるはずだから、余計に意地を張る。

「花火しよって言ったでしょ？」

朝陽の自転車の籠には手持ち花火。

「あれ、本気だったの？」

「うん、リッちゃんと花火したいなって」

そう言って朝陽は自転車にまたがる。

「乗って」

「え？　じゃあ私自転車取ってくるよ」

「いいから、乗って！」

早くと急《せ》かされて朝陽の自転車の後ろに乗る。

花火大会の夜は警察も結構見回ってるから大丈夫かな？　と周囲を気にしながら。

「重たいよ」

「全然、それよりちゃんと掴まっててね、飛ばすよっ」

「え、あっ」

言うやいなやブレーキから手を離した朝陽の自転車は勢いよく坂を下る。

海に向かって下るこの大きな坂道は石畳。ガタンゴトンと反動をつけながらどんどん下っていくから朝陽の腰に手を回し振り落とされないようにするしかない。

心臓の音、聞こえてないかな？

ドキドキがいつもよりも大きいのは、さっき繋いだ手の感触がまだ私の指先に残っているからだ。

「どこでやるの？」

「埠頭《ふとう》、あそこなら花火しても迷惑にはならなそうじゃない？」

なるほど、確かに。

父さんも夜遊びしていたのは駅前じゃなく、埠頭の方だったとじっちゃんから聞いた。今も昔も変わらないみたいだ。

途中のコンビニで飲み物を買って、それから花火を消すためにペットボトルの水も。花火をやるなら後始末もしなきゃならない、というのを知らなかった朝陽。東京では夜に花火ができる場所もあまりないらしいから、友達同士でやったこともなかったみたい。

だからか、このはしゃぎっぷりは。

シュ―ッと青白い光を放ち、独特の火薬の匂いが漂い煙が上がる。

シュワシュワパチパチと弾けだす小さな花火に朝陽の顔が照らし出されて。

まるで子供のようにそれを嬉しそうに眺めているから、この花火を全部朝陽にやらせてあげたくなってしまった。

「リッちゃんもやりなよ」

五本目くらいで、私がただのチャッカマン点火係になっていたことに気付いた朝陽の花火から、近くにあった花火のこよりに貰い火をする。

こよりがぼんやりと燃えて、シュボボッと火が火薬にうつった瞬間、キレイな弧を描き地面へと落ちていく。

「キレイだね」

「うん、めっちゃキレイ」

花火の明かりを消さぬようにお互いの花火から貰い火し合って、目を細めてそのチリチリと萎んでいく花火を何本も見送って、やっぱり最後に残ったのは定番の線香花火だ。

「朝陽、知ってる?」

「ん?」

「線香花火ってさ、こうやって最初ジリジリってする感じの時は、牡丹《ぼたん》って呼ぶんだって。して、ほらちょっとバチバチしてきたこれが松葉」

「へえ?」

「バチバチが少なくなってきたのが柳、最後のちっちゃくチリッチリッってなるのが散り菊、んでジュッって消える」

ね? と火種が消えた線香花火を朝陽に見せたら目を丸くして。

「リッちゃん、すげえ。花火博士?」

「んなわけないべさ、母さんが昔教えてくれた」

朝陽はじっと私の顔を見て指先を私の頬に触れた。

「な、なにっ」

「泣いてるみたいに見えて」

そんな風に優しい声で言われたら、本当に泣きそうになっちゃうから止めてほしい。

「はい、ラスト二本だよ? 競争する? どっちが散り菊まで落とさないでいられるか」

「ええ? リッちゃんプロだもんな」

「プロじゃないよ、私が勝ったら帰りに朝陽にアイス奢ってもらう」

「んじゃ、俺が勝ったらリッちゃんにキスしてもらう!」

……、今なんて言った!?

「やんない、違うのにして」

「じゃあ、俺が勝ったらリッちゃんにキスする」

「同じでしょや‼」

「ん、賭《か》けとか面倒くさいよね。今、したいもん」

ニッと目を細めた朝陽から漂う危険な香り。

逃げようと立ち上がった瞬間に腕を引かれ、抱きしめられて睨み上げても嬉しそうに笑ってる朝陽が近すぎる。

悔しい、悔しい、悔しい。もがいても抜け出せない、本気でもがいたら抜け出せるのかもしれないけれど。

朝陽に見つめられたら痺れるようなビリビリとした感覚にショートしちゃったみたい。

それでも口だけはまだ必死に抵抗。

「なしてキスすんの?」

「したいから」

「したいからだけですんのは、おかしいっしょ!」

「好きだから、したくなるのは変?」

好き、だから？　朝陽が私のこと、好き？

「春からずっと、俺がリッちゃんのことずーっと好きだったの知ってたでしょ？　だからしたくなる、触れたくなる」

朝陽の微笑みを逸らそうとしても釘付けになってしまったみたい。

私の唇にゆっくりと重なる温もりを、目を閉じて受け止める。

今までで一番長いキス。

さっき朝陽が飲んでいた甘い炭酸ジュースの味を感じて、クラクラと眩暈《めまい》がする。

瞑った瞼の裏で線香花火がずっと松葉の状態で焼き付いていて。

離れがたいような甘い甘い時間に、頭の天辺からつま先まで朝陽に溶けてしまったみたい。

やっと離れて少し息を整えてゆっくりと目を開いたら。

「好きだよ、リッちゃん」

クスッと笑った朝陽がもう一度チュッと小さく触れたキスで、ようやく現実に戻った気がした。

余裕ぶったその顔が少し悔しい、私はこんなにドキドキしているのに。

「リッちゃんは、俺のこと好き？」

よく見たら、私の気持ちを探るような不安げな瞳に、朝陽の好きと私の好きは同じなんだ。それがようやく理解できて嬉しくて、素直にコクンと頷いて。だけどその後でハッとして首を振った。

「なんで？」

「したって、あーちゃんと奏太くんとっ」

そしたら、朝陽が頷きながら苦笑して小さなため息を漏らした。

「もうちょい時間かかるかもしんないけどさ、俺が何とかする。奏太のことも星のことも」

きっと朝陽もあーちゃんの気持ちに気付いていたんだね。

「リッちゃんのこと、諦めようと思ってた。奏太になら、なんて……。でもやっぱ無理だった」

私も、あーちゃんにならって思っていたのに。なぜ、諦めきれないんだろう。

いっそ朝陽の気持ちが私になければよかったのに、なんて悲しいこと考えて、自分からギュッと朝陽にしがみつくと。

朝陽の体温全部が私を包みこむみたいに優しく抱きしめ返してくれたんだ。

祭り明けから帰省する人も増えて、八月十五日までお盆休みに入ったサッカー部。

そのおかげで、あーちゃんと奏太くんに顔を合わせなくて済むことにホッとしている。

あーちゃんの好きな人を取ってしまった。

奏太くんのいとこを好きになってしまった。

その罪悪感からは逃れられない。

その反面、いつだって朝陽からの連絡を待っている自分がいるから腹が立つ。朝陽からの一言が嬉しくなっちゃって、その後に襲い来る申し訳なさ。なんて自分勝手なんだろう。

玄関前に車が停まる音がした八月十三日。

「姉ちゃん、じっちゃん」

風呂敷包みを持ち、最初に元気に飛び込んできたのは拓だ。

受験生だというのに、なぜこんなにも日に焼けているか。きっと今年も変わらず海で泳いだり友達と遊んだりしているのだろう。大丈夫なんだろうか。

「大分顔色いいんでないの?」

車に荷物を取りに行くと、母さんが大きなスイカを抱えているところで、手を伸ばしてそれを受け取った。

「もうすっかりいいよ、ごめんね、この間」

「ふうん、よがったさ」

相変わらず愛想の無い母さんなりの優しい言葉に頷いていたら。

「少し背伸びたんでねえの？」

菓子折りを持った父さんが、私の横に立ち頭に手を置く。

「何も伸びてない、一センチも伸びてないよ」

残念そうに笑う父さんだけど、これは遺伝だ。父さんもじっちゃんも拓も皆背は高くない。一番高い拓でやっと百六十五センチらしい。

「ほれほれ、玄関先でしゃべってないで上がれ上がれ！　理香子《りかこ》さん、すまないね、いっぱい作って持ってきてくれて」

拓から受け取った包みの中は母さんの作ったおかずがいっぱい。私が食べたいって言ったアワビの煮つけがあって嬉しかった。

墓参りをした後、夕飯を食べて私以外の三人はまた実家に帰っていく。

「湯川《ゆのかわ》の花火大会の日は帰ってくるんでしょ、待ってるわ」

そう言ってくれた母さんに、笑って手を振り見送る。

地元の花火大会はお盆すぎ、夏休みが終わる少し前、久しぶりに実家に帰れる、待ってくれてる、母さんの言葉が嬉しいと素直に思えた。

その日の真夜中、喉《のど》が渇《かわ》いて目が覚めた私は、静かに一階へと降りて不思議な光景を目にすることとなる。

仏壇の横にはお盆に明かりをつける回転灯篭《かいてんとうろう》が回っていて、その前に座る人影に驚いて一瞬大声を上げそうになった。

でもその声を飲み込むことができたのは、それがじっちゃんだということがわかったから。

普段なら眠っているはずのこの時間に一体何をしているのだろう?

興味本位で声もかけずに隠れてその光景を見守っていたら、手を合わせ念仏のようなものを唱えたその後で、仏壇の下の引き出しを開けた。

紫色の何かを包んだような布を取り出したじっちゃんは、その中から位牌《いはい》のような細長いものと写真立てを取り出した。

物陰からじゃよく見えない。だけど何で隠すようにして置いているの?

じっちゃんはその写真立てを手にして、じっと見つめていて。それから大切なものを抱きしめるようにギュッと胸に押さえ込んでいる。

まるで泣いているみたいなじっちゃんを見ているのが切なくなってきて、自分の部屋へと物音を立てないように戻った。

ばっちゃんの写真や遺影は仏壇にある。じゃあ、さっき見たあの引き出しの奥に片づけてあるのは誰のもの？

翌朝、じっちゃんが何事もなさそうな顔で笑っていたから、夕べのは夢だったのかなと思ったけれど。

八月十六日、じっちゃんが朝早く仕事に出かけていく。

それを見計らって、こっそりと私は仏壇の引き出しを開けてしまった。

じっちゃんが隠していたものを知りたかった、それだけだったのに。

大事に隠されていたそれは、私の心に大きな黒い影を落としたのだった。

お盆が過ぎ、またサッカー部の練習が再開する。

夏休み最終日、地元の工業高校との練習試合と秋季大会のために、今が追い込みだ。

練習試合のスタメン、フォワードのツートップに選ばれたのは奏太くんと朝陽だった。

一、二年生は大喜びで、三年生は、あまりいい顔をしていない。

もうすぐ引退する先輩たちからしてみたら、最後の大会に出たい気持ちは他の誰よりも強い。

なのにその一つのポジションをついこの間入部したばかりの朝陽に取られてしまった。

夏前に部活を辞めると言っていたフォワードの赤塚《あかつか》先輩が、予備校のおかげで成績に自信がついて部活に戻ってきたばかりだったのもある。

確かにブランクはあれど今まで奏太くんと組んでいたのはその先輩で、三年生の誰もが赤塚先輩が選ばれるべきだと思っていた。でも蓋を開けてみたら、そのポジションには先輩よりもレベルが上の朝陽がいるのだから悔しくないわけがない。
一、二年生と三年生の間に亀裂が入っている、そんなピリピリした状態は素人《しろうと》の私にも伝わってきていた。
今日なんか、彼らが朝陽にかなり強いラフプレーを仕掛けたものだから。

「大丈夫？」

膝の土を洗い流す朝陽の横で、私はタオルと薬箱を持ち待っていた。

「当たり負けしちゃった」

なんでもないよと笑う朝陽だけど、さっきのは酷い。

監督に見えないように、三年生で朝陽を取り囲むようにして肘《ひじ》で押してたもの。

「ねえ、リッちゃん」

「ん？」

「内緒だよ？　奏太にも星にも」

「内緒？」

「やっぱ、サッカーしんどくてさ。練習試合終わったら、辞めようと思ってるんだ。赤塚先輩も帰ってきたしさ」

全然、しんどそうになんか見えなかったよ？

サッカーをやっている朝陽はとても楽しそうに見えていたのに、きっと赤塚先輩にポジションを返してあげたい。そういうことでしょ？

「んで、秋からはリッちゃんと放課後デートすんの」

とぼけるように目を細めて笑った朝陽があの時と重なる。泣いているみたいに笑うんだもの。

「朝陽、あのね」

何でも言って？　何でも聞くよ！　そう言いかけた言葉は朝陽に届く前に飲み込んだ。あーちゃんが、こっちに走ってくるのが見えたから。

「怪我どうよ、朝陽？　消毒するから、座って！」

私の手から救急箱を受け取ったあーちゃんが、手慣れた様子で朝陽の傷の手当てをし始める。

「したっけ、麻友さんの手伝いしてくるね」

じゃあね、とその場から逃げるように走り去った。『あーちゃん、ごめんなさい』と『それでも私は朝陽が好きなの』という黒い気持ちが、溢れてしまう前に。

今年の湯川《ゆのかわ》の花火大会は、二十一日の土曜日。二十二日が練習試合で、二十三日から学校が始まる。

朝陽はそれにすごく驚いていた。

東京や内地の学校は二学期が始まるのは九月からなんだって。夏休みももっと早くから始まるから、およそ一ヶ月半は休みらしい。

少し羨ましい気もしたけれど、その分冬休みは二週間とか。

北海道は冬休みも長いんだよって教えたら、なるほどなって納得していた。

暦《こよみ》の上では夏だけれど、九月の足音が聞こえたらもう秋になってしまう。後二ヶ月半もしたら雪が降るんだよ、それには嬉しそうに笑っている朝陽だったけれど。

「明日の朝から実家に帰るんだ」

今週は二度目の、夜の待ち合わせ、そう告げたら今度は何とも言えない顔をした。

「花火大会だっけ？」

「うん」

「花火大会多くない？」

「多いかも、冬にもあっからね」

「多いな、嬉しいけど」

どちらからともなく手を繋ぎながら旧函館区公会堂前の道を散歩。

観光客はまばらだけど、ライトアップで青白く照らされたその洋館を一目見ようと私たちの他にも人は何人かいた。カメラ片手に仲良く写真を撮るグループを横目にその前を歩きながら。

「ついてってあげたいけどなあ」

「ダメだよ」

「わかってる、リッちゃんのお母さん怒りそうだもんね」

苦笑いする朝陽は、病院での母さんのあの態度のことを言っているのだろう。

「でもさ、リッちゃん。あの時お母さんすっごい心配してたんだよ、病院に着いたのは俺たちの方が先だったからさ」

病院に入るなり歩いていた看護師さんを捕まえた母さんは、取り乱したように「成《なる》瀬《せ》理《り》都《つ》はどこですか？　大丈夫なんでしょうか？」とロビー中に響き渡る声で尋ねていたという。

「リッちゃんのこと、ちゃんと思っているのは確かだと思う。ただ何となく不器用そうな人だなっていうのはわかった」

「不器用？」

「うん、普段のリッちゃんに似てるかも。本当に思ってることを口に出せない人。そう見えたよ」

朝陽の言葉がじんわりと心に沁みてくる。

「……、似てるのかな？」

恐る恐るの私の問いに朝陽が何度も頷いてくれたから、明日への不安が少し消える。

「練習試合終わったらさ、夜に会える？」

「うん？　リッちゃんから誘われるの初めてだ」

パッと顔を輝かせた朝陽に曖昧《あいまい》に微笑んだ。

私だって朝陽の話を聞きたいんだよ。

もう朝陽が一人で泣かないように、ほんの少しでも寄り添いたいから。

「じっちゃんも行こうよ」

何度誘ってもじっちゃんは首を横に振っていた。

「たまには家族水入らずで楽しんでこい」

じっちゃんだって家族なのに、口を尖《とが》らせた私を笑って見送ってくれる。

「理香子さんによろしくな」

迎えに来てくれた父さんの車に手を振るじっちゃんが、少しずつ小さくなって見えなくなる。

母さんは朝から張り切って、布団を干したり、私の部屋の掃除をしたりしてくれているらしい。

シルバーのステーションワゴン、助手席は母さんの席だけれど、今日は私が座らせてもらった。

冷えた車内では父さんの大好きな函館出身のロックバンドの曲が流れていて上機嫌で車中カラオケ状態だ。ドリンクホルダーの缶コーヒーは、父さんがいつも飲んでいた少し甘いもの。

久しぶりに見る、何も変わらない車内に安心した。

お盆以来会ってなかった父さんの横顔をそっと覗《うかが》う。

小ぶりだけれど高い鼻、二重で睫毛《まつげ》が長い、唇は少し薄い。うん、似ている。

「なに見てるんだ？　父さんがいい男だからか⁉」

「んだね、父さんに似てて美人だってよく言われるからさ」

冗談めかして笑うと父さんも笑った。

小さい頃からよく言われてた。リツは父さん似、拓は母さん似。

ただ拓は耳の形や頬骨の高さは父さん似。だから拓は母さんと父さん両方に似ているというのが本当のところだ。

父さんならきっと知ってるんじゃないだろうか。あの仏壇の引き出しの中の写真の人のことを。

聞きたい、聞いてみたい。

思えば思うほどに、心臓が口から飛び出そうなほど大きな音を立て始める。

『あれは誰？』そんな簡単な一言なのに。

何となく聞いてはいけないことと頭の中で警告音が鳴っているから。

「リツ、ラッピでチャイニーズチキンバーガー二セットとラッキーチーズバーガー二セット取ってきて。昼飯買ってこいって母さんがさ」

来る前に注文しておいたのだろう注文札を渡されて、店の前に車を停める。

余計な質問をしなくて済んだと心底ホッとした。

「チーズバーガー、私と母さんの？」

「なして母娘《おやこ》してチーズバーガーしか食わねんだべな？　チャイニーズチキン《チャイチキ》もうまいのに」

そう笑った父さんに首を傾げながら車を降りた。また母さんに似ているところを一つ発見できた気がして嬉しい。

「したって、チーズバーガーうまいもの」

母さんの口ぶりを真似た私に父さんは楽しそうに笑っていた。

海にそそぐ河口で打ち上げられる湯川《ゆのかわ》の花火。大輪の花が海と川と温泉街を一度に染め上げる。

家の前の庭でバーベキューをしながら毎年家族四人で見上げてきた光景。

「リツ、あんたもっと食べなさい。それでなくても小さいんだから」

母さんの言葉がいつもよりも優しく聞こえるのは、朝陽と父さんのおかげかもしれない。

「姉ちゃん、明日の朝すぐ帰るんだって？」

「うん、試合あるのさ」

朝一で父さんに試合場所である工業高校に送ってってもらうことになっていた。

「サッカー部のマネージャーになったの？」

「夏だけね、多分」

拓と話していた言葉は母さんにも聞こえていたみたいで。

「また倒れるんでないよ、明日も暑いみたいだしね」

「はーい」

ちっちゃく首をすくめて微笑み受け流す。

「せっかく姉ちゃんに勉強見てもらおうと思ってたのにな」

「なしたの？　自信ないの？」

拓はこの近くの高校を志望していた。

「あるわけねえさ、姉ちゃんみてえに頭よくねえし」

ぶうっと口を尖らす拓に苦笑した。

「真っ黒になるまで遊んでるからだべさ」

その肌の焼け方をからかった瞬間。

「なして、そんな言い方すんのさ、リツ！」

ふと見た母さんの顔は既に不機嫌な顔をしていて、また私がなにか地雷を踏んだことを知る。

「自分ばっかり勉強できるからって、拓ばバカにすることないっしょ！」

ビリビリと空気を切り裂くような母さんのヒステリックな声。

また、やってしまった……。

「そういうつもりでなくて、」

「拓だって頑張ってるんだからさ、バカにだけはするんでないよ！」

「母さん、リツは何もそんなこと」

私を庇《かば》おうとした父さんをキッと睨み黙らせた後で。

「先に風呂入って寝るわ！　朝早くから掃除してたら疲れたみたいだわ。片づけ任せるから」

そう言い放ち、家の中に入っていってしまう母さんに残された三人は沈黙をする。

この雰囲気を拓も父さんも何度となく目撃していて、誰かが私を庇おうとすると余計に母さんの機嫌が悪くなることも知っている。

「まだ花火上がってんのにな」

拓の寂しそうな顔に申し訳なくなった。ごめんね、姉ちゃん来ない方がよかったよね。

「ごめんね、父さん、拓」

小さく呟いた私の声は花火のドンッという音の中に消えていった。

翌朝、起きていたのは父さんだけだった。

拓が寝坊なのはいつものこと、母さんは私と顔を合わせたくなかったんだろう。

父さんと二人で朝六時から真ツブの味噌汁を作り、イカ刺しを捌いた。『イカ～、イカ～、朝イカ～』とスピーカーを鳴らしトラックで練り歩く行商から、わざわざ買ってきてくれたのは父さんだ。私が好きなのを知っているからだろう。

お礼に父さんが好みの甘めの卵焼きと、裏の畑から採ってきたほうれん草で胡麻《ごま》和《あ》えを作り、二人で朝食を食べ七時半には家を出た。

「リツ、また帰ってこいよ！　昨日は母さん疲れてただけだから」

「うん、私の用意するのに疲れてたんだよ、ごめんね」

「謝るな、リツ。気にしたらダメだ。父さんも拓も久しぶりにリツが家にいて嬉しかったんだからさ、必ずまた来い！　迎えに行くから」

ワシャワシャと私の頭を撫でる父さんの手が、温かくて涙が落ちそうになる。

「拓にさ、土日なら勉強見てあげるからじっちゃん家においでって言っておいて」

「わかった、伝えておく」

父さんの車から降りて、ありがとうと手を振った。

まだ皆到着していなくて少し不安になったけれど、父さんはこれから昨日の花火大会のゴミ拾いのボランティアがあるみたいだから。

「一人で大丈夫か？」

「うん、大丈夫。あ、父さん」

「ん？」

「冬になったら、またスキー行こうね、皆で」

冬には時々家族四人でスキーに行くのが去年までの恒例行事だった。それを思い出して次の約束のように笑って見せたら。

「んだな、行くべ」

父さんは笑顔を残して私に手を振り家に戻っていく。その笑顔は、やっぱりよく似ていた。

父さんは私に優しい。優しくて、そしてよく似ている。

したからさ？　私の変な不安なんかきっと気のせいだよね？

信号を曲がっていく父さんの車が見えなくなって、入れ違うように後ろから声をかけられた。

「リツ、おはよ〜!!」

振り向いたらあーちゃんが手を振っていて、皆の姿が見えて、いつもの風景が戻ってきたことにホッとした。

たった一日会わなかっただけなのに。

たった一日、少し前の日常に触れただけで、こんなに苦しくなっちゃうんだ。

「おはよ、あーちゃん」

いつもよりもニッコリと笑った私を、朝陽だけがきっと見抜いていたと思う。

# 第四章　秋色は一瞬で余韻もなく白に変わる

その日の練習試合は三対〇でうちの完全勝利だった。朝陽《あさひ》が二得点、奏太《かなた》くんが一得点をあげた。

あまり朝陽のことばかり見てしまったら、あーちゃんにバレちゃうだろう、と必死に他の選手を見ようとしても無理。他の人よりも速くて鮮やかなドリブルにシュート捌き。そんなにサッカーに詳しくない私だってわかる。

朝陽は誰よりも上手くて、そして誰よりもサッカーが好きで、かっこよすぎて目が離せなくなった。

本当にいいの？　朝陽……。

『練習試合終わったら、辞めようと思ってるんだ』

辞めちゃってもいいの？　好きなのに、また辞めちゃうの？

うまく言えないけれど、朝陽は無理にサッカーから離れようとしている気がするんだ。

好きじゃなきゃ、こんなに活《い》き活《い》きとして走り回ったりしないだろうし。本当なら転入してきてすぐに入部してもおかしくなかったのに。

今夜、あの日朝陽が泣いた理由を聞きたい、聞いてもいい？

勝利を喜び合う朝陽と奏太くんを横目に見ながら麻友《まゆ》さんとあーちゃんと片づけをしていた時だった。

「待て、赤塚《あかつか》！」

監督の大きな声に顔を上げたら、赤塚先輩と数人の三年生たちがミーティング前だというのに帰ろうとしている。

「バカ！　もうアイツらは」

麻友さんが彼らのもとに走り何か怒っていたけれど、それでも先輩たちは話も聞かずに去っていく。取り残された麻友さんはゴシゴシ顔を拭いながら戻ってきて。

「辞めるんだって」

「麻友さん……」

「バカだよね、後ちょっとしかできないのに今辞めるなんてさ」

麻友さんは今の三年生と共にずっと頑張ってきたマネージャーだからこそ、悲しいのだ。後は秋季大会だけだというのにその前に去っていく先輩たちの理由はきっと。

朝陽にポジションを取られた腹いせだ……。

「嫌んなっちゃうよね、プライドばっかし高くて」

すすり泣く麻友さんが、それでも片づけの手を止めずに頑張っている姿に、私もあーちゃんももらい泣きしてしまうと。

「なんで二人が泣くのよ」

泣き笑いした麻友さんに二人ともタオルで顔を拭かれた。

勝利したはずなのに、まるで負けチームみたいに暗くなった部員たち。朝陽も奏太くんも帰りの市電の中、どこか遠くを見ていた。

その夜、いくら待っても朝陽は待ち合わせの場所に現れることも、メッセージに既読をつけることもなかった。


夏休み明け、初日。

白い半袖のセーラー服から伸びた腕は、後半あんなにガードしていたのに少し日焼けをしている。仕方ない、夏のほとんどをグラウンドで過ごしていたらこうなるに決まっているだろう。

朝陽のことが心配であまり眠れずにいた。気付けばスマホを握りしめたまま眠ってしまっていて、じっちゃんの「リツ、遅刻するどー‼」という声で起こされた。

スマホの画面にはメッセージマーク、慌てて開いたら朝陽からの返信があって。

『リッちゃん、夕べはごめんね！　めちゃくちゃ疲れてて、お風呂から上がったらもう起きてられなかった、本当にごめんね』

そのメッセージにホッと胸を撫で下ろす、もしかして昨日の出来事で落ち込んでそのせいかもって心配だったから。

「じっちゃん、行ってきまーす！」

時間に追われるようにワタワタと自転車を土間から押し出す私を、じっちゃんは苦笑して見ていて。

「気ぃ付けて行くんだよ、帰り遅くなるようなら電話すればいい」

いつも学校が早く終わる始業式や終業式は、あーちゃんたちと一緒なのをじっちゃんももう覚えちゃっていて、『花火大会の時に遊びに来た子たち、また遊びに連れてこい、いい子たちだ』と皆はじっちゃんのお気に入りになっている。

ゆっくりと自転車を漕ぎ出すと風は秋を含み始めていた。

一ヶ月後には制服は紺色に変わり、風景は一気に赤や黄色の秋色に変わる。

ジメッともしない丁度いい風を背に受け、見下ろす海は今日も青い。

「リツ、おはよ」

かかる声に振り向いたら奏太くん一人。

あれ？　一人？

「おはよう」

そう言いながら自転車を止めた私にならって止まった奏太くんは、私の疑問に答えてくれた。

「朝陽も星《あかり》も先に行ったよ」

「そうなの？」

三人が一緒ではないことが珍しいな、と思ったら。

「ちょっとね、俺と朝陽ケンカしてるから」

「え？」

「まあ、そういうことなんで。星は朝陽に付き合って先に行き、俺が二人に置いていかれたってわけ！　なので、一緒に行こ？　リツ」

ケンカ？　朝陽と奏太くんが？

だって昨日あんなに仲良さそうに、勝った瞬間抱き合っていたのに？

「リツ、聞いてくんないの？」

「なにを？」

「ケンカの理由！　気になんない？」

気になるに決まってる‼

ならないわけがない、と首を横に振った私に奏太くんは苦笑した。

まだ始業時間までは余裕があるしと、自転車を押しながら奏太くんの話を聞いた。

「夕べ寝る間際になってから、いきなりサッカー部辞めるとか言うからさ！　朝陽」

「もしかして昨日の赤塚先輩のことで？」

私が食い気味に尋ねた瞬間に、奏太くんは驚いた顔で私を見た。

「リツが」

「ん？」

「普通に話してる」

奏太くんの指摘で初めて気付く。

どうして朝陽のことになると頭と口が直結しちゃうんだろう。

ちゃんと聞いて考えて、それから話さないと。もし自分の言ったことで誰かが傷ついてしまったら……、母さんみたいに。

「リツから見て朝陽ってサッカー嫌いなように見える？」

見えない、としっかり頭を振った。

「でしょ、俺もそう思う。あんなに上手いし、元々嫌いで辞めたわけじゃないし」

奏太くんの言葉に引っかかる部分があって、それをどう聞いたらいいのか迷っているうちに。

「なのに、嫌いだから辞めたいって笑ったからさ、朝陽。嘘つくな、って！　んでケンカになったのよ」

それから腹立って口きいてない、と奏太くんは頬をふくらませた。

「……朝陽くん、そう言って辞めれば、皆怒って引き留めなくなるって思ってるんだべさ」

「リツ？」

「嫌いなわけないっしょね、楽しそうだったもの。赤塚先輩が戻りやすいように、嫌いだって言ってるだけでしょや」

嫌いなわけがない、朝陽は絶対にサッカーが大好きだ。

「……俺もそう思う。したから俺にくらいはちゃんと話せばいいと思わね？」

奏太くんの寂しそうな顔を見れば気持ちはわかる。

だけど朝陽は、奏太くんがいとこで自分をチームに入れた人だからこそ。赤塚先輩や三年生に奏太くんまで悪く思われないように遠ざけようとしたんじゃないかな？

「後で皆で話そう、奏太くん」

「帰り？」

「うん、私が朝陽くんとあーちゃん誘うから。仲直りしよう？」

奏太くんが寂しそうなのと同じように、朝陽もきっと落ち込んでいる。

「何か、今日のリツ頼もしいね」

「あ、……ごめんなさい」

「いや、そうでなくてさ。リツってあんま喋《しゃべ》らないし、俺と一緒にいてもつまんないのかもって思ってたから、いっぱい話せて嬉しいわ」

奏太くんの笑顔に申し訳なく思うのは、私がこんなにいっぱい話せたのは朝陽のことだったからだ……。

それから奏太くんと別れ、ひと月ぶりの二年C組の教室に入って、その雰囲気が一学期とは違っていることをすぐに察知する。

「おはよ」

目が合った子に小さく挨拶をしたら、気まずい顔をして逸らされた。

その態度に不自然さを覚えながらも、自分の席に鞄を置く。

一学期の半ばで席替えをしてから、あーちゃんと朝陽とは席が離れてしまって私だけ窓際のまま。

廊下側に座っているあーちゃんが顔を上げ、チラリと私の顔を見てくれたから、立ち上がろうとしたら、さっきの子と同じように目を逸らされた。

あーちゃん？　なんだろう、なんか変な感じがする。

周りを見渡せば、私をチラチラと見ているはずなのに、そちらに目を向けたら、そ知らぬ振りをするのだ。

……これって、小学生の時に一度経験したことがあるアレに似ているなあ。誰かを皆で一斉に無視するっていう嫌な感じの行為。

うちのクラスには今までそんなことがなかったのと、その無視される側が自分らしいことに戸惑う。

私が何をしたのだろう？　一体何を？

視線を感じたら、朝陽が心配そうにこちらを見ていたけれど、今ここで話すわけにもいかないと私の方から顔を背けた。

考えても原因がわからないまま、帰りのホームルームが終わるまで、誰とも一言も話せないまま帰り支度を始めていると。

「成瀬《なるせ》さん、聞いてもいいかな?」

その声に顔を上げたら、前にあーちゃんと朝陽のことを聞いてきた子たちやクラスメイトの幾人かが、私の机の周りを取り囲むようにしている。人垣の間から、不安げな顔をしたあーちゃんがチラリと見えた。

「これ見てくれる?」

そう言って私の前に置かれた一台のスマホ。

薄暗い夜景、数人のグループが旧函館区公会堂前で記念撮影をしている写真。

その見切れそうなほどの端、グループの側を歩くぼやけたカップル。

見覚えのある服装に頭が真っ白になる。

あの日の私と朝陽の姿だった。

なんで? どうして? ドクンドクンドクンドクンドクン、心臓が口から飛び出してきそうなほどに脈打った。

「これさ、朝陽くんと成瀬さんじゃない?」

「中学の時の友達から送られてきた写真なのさ、偶然写り込んでてビックリだよね」

朝陽に聞こえないようにだろう、小さな声で私に詰め寄ってくる。

どうしたらいいのか考えよう、考えて皆が納得いくような答えを見つけないと。膝の上で握った拳は汗をかいている。

あーちゃんもきっとこの写真を見て私と朝陽のことを疑っているんだ。

他の誰にどう言われてもいいし無視されたって構わない。だけどあーちゃんに知られたのが一番苦しい。

どうしよう、どうしたらいい？

「ちょっと〜‼　別に責めてるわけじゃないっしょや、泣かないでくれる？　成瀬さん」

そう言われて自分が泣いていることに気付き慌てて涙を擦った。

逃げ出せるような雰囲気ではない、そして真相がわかるまでは帰してくれそうにない。

「それは――」

「あのさ、オマエら何やってんの？」

それは私だけど、相手は朝陽ではない。そう言おうとした私の声を遮《さえぎ》って、後ろから聞こえてきた声。

「何イジメみたいなことしてんの？」

私の横のスペースに身体を割り入れてきたのは奏太くんだった。

「べ、別にイジメてるわけじゃ」

「したけど皆で取り囲んで泣かせてんじゃん、何やってんのよ」

「何って、別に」

気まずさに慌ててさっきのスマホを隠そうとした彼女を制して、それを取り上げた奏太くんはじっくりとそれを見てズームにすると。

「……、リツと俺だし」

そう呟いた奏太くんに私は驚いて顔を上げた。

「これな、リツと俺だわ！」

奏太くんの言葉にざわつき出した皆は。

「確かに、奏太くんと朝陽くん似てるし、……うん、奏太くんって言われれば奏太くんに見える、かも」

「何、お前ら朝陽とリツだと思って怒ってたの？」

「っ、でも、奏太くんだとしてもこんなに遅くに何で二人でいたの？」

「したって、リツにノート借りに行ったんだもん、家近いし。それの何が悪いの？」

呆れたような奏太くんの声に、ゴメンと謝るクラスメイトたち。私にも謝りながら一人、また一人と教室を出ていく。

残ったのは私と奏太くんと、それぞれの席に座ってこっちを見ている朝陽とあーちゃん。目が合うと、あーちゃんは私を見据えて。

「ねえ、リツ！　本当にそれ朝陽でないの？　奏太なの？　私には朝陽に見えるんだけど？」

何も言えずに突っ立ったままの私を背に庇ってくれた奏太くんが、あーちゃんに怒っているような声をあげた。

「したから何？　星って、そういうヤツなの？　もしそれが朝陽でも俺でも、リツはさっき皆に囲まれてたんだぞ？　親友なんでねえの？　なしてさっき庇ってやれなかった？」

奏太くんの声にあーちゃんは唇を強く噛みしめた。

「親友だと思ってたから腹立つんだわ、何さ！　奏太はすぐリツの味方するよね！　大嫌い‼」

鞄を持ち走って教室を出て行くあーちゃんは、泣いていた気がして慌てて追いかけようとしたら。

「朝陽、星のこと頼む！　追っかけれ‼」

奏太くんにそう言われた朝陽は何か言いかけて、私と奏太くんの顔を交互に眺めてから、あーちゃんを追いかけるように教室を飛び出していく。

「帰ろ、リッ」

奏太くんの言葉に頷いたら、緊張の糸が解けたように止めたはずの涙が大量に落ちてきた。泣き止むまで私の側にいてくれる奏太くんには、写真の真相をどう話したらいいのだろうか……。


奏太くんと二人の帰り道、いつ写真の話を切り出そうかと考えながら歩いた。

どう話したら奏太くんは嫌な思いをしないだろうか。自意識過剰かもしれないけれど。

『リツに好きな人がいないなら、奏太のこと考えてみて？　アイツ、いいやつだし。リツのこと気になってるのは確かだよ』

『奏太ってすげえいいヤツだから、よろしく！』

あーちゃんや朝陽の言っていたことが本当であるならば、奏太くんは私のことを好きらしい。それを踏まえて考えたら、真実をオブラートに包んだとしても奏太くんを傷つけてしまうのかもしれない。

「リツ、お腹空いたよね」

空いているはずなのに食欲が湧かない。曖昧に少しだけ笑って首を振ったら。

「ラーメン食いに行こっ、すっげー腹減っちゃった」

自転車にまたがって私を待つ奏太くんに、行かないともう一度首を振っても。

「ご飯食べないと元気なんか出るわけねえべ？　行くぞ、リツ」

ほら、と促され私も自転車にまたがる。奏太くんは先を誘導してくれながら、時々私の方を振り返り離れないように、置いていかないようにゆっくりと漕いでくれた。

駅前の駐輪場に自転車を止め、すぐ側にある老舗《しにせ》のラーメン屋さんに向かって歩き出す。観光客だけではなく地元民にも愛されているお店。

私も小さい頃から駅前に来るたびにここのラーメンを食べていた。

昼時だから待つのも覚悟したけれど、すぐに席に案内される。

二人掛けのテーブル席に向かい合って座って、メニューを眺めたら。現金なものでさっきまでなかったはずの食欲は魚介出汁のスープの匂いで戻ってくる。

「どれにする？」

「塩ラーメン」

「俺も」

運ばれてきた黄金色の透き通ったスープにちぢれ麺、具はかまぼこ、ワカメ、メンマ、ゆで卵、チャーシュー、ナルト、お麩《ふ》。うん、絶対に変わらぬ美味しさだ、間違いない。

同時に運ばれてきた器を前に二人で「いただきます」と手を合わせてスープをひと口。

「美味しい」

久々の味に素直に口をついて出た感想に。

「なまらうまいよね、ここ」

奏太くんも美味しそうに麺をすすっている。

「やっぱり塩だよな」

「うん、絶対塩」

気付けばスープまで完食して「ごちそうさまでした」と手を合わせた私を、先に食べ終えた奏太くんが笑って待っててくれた。


潮の香りが漂う函館駅裏の海沿い。

摩周丸の白い船体を眺めながら、食後に食べるソフトクリームは罪な味がする。とっても濃厚な牧場直送ミルクたっぷり、後をひく美味しさ。太る、絶対に太る。

だけど奏太くんが私の分まで買ってくれたから食べないわけにはいかない。

「カロリー、今日やべえな」

やっぱり同じこと思ってるし！

奏太くんはいいよ、だって元々運動している人なんだもの。ヤバイのは私の方だ、美味しいから食べちゃうけど帰ったら少し動こう。

ようやく食べ終えて、お腹いっぱいの一息をついた瞬間に。

「リッさ、朝陽と付き合ってんの？」

突然、本題を突き付けられた私の顔は酷く強張《こわば》っていただろう。壊れたおもちゃみたいにただ首を横に振る。

だ、だって、ホラ、付き合って、とは言われてなかったし？　でも、好きだって言ったし言われたから、付き合ってる？

「俺がリツのこと好きなのは知ってた？」

待って、そんな風に面と向かって突然言われたらどうしたらいいのか。

さっきよりももっと頭を振るのが大きくなると。

「リツ、落ち着け！　動揺しすぎだって」

奏太くんは両手で私の頭を挟み込んで動きを封じる。

「俺、リツのこと一年生の時から好きだよ」

どうして？　なんで？　奏太くんみたいなイケメンがなんで私みたいな暗い子の

こと?

「したって、何かめんこいんだもんな。ちっちゃくて、いっつも困った顔して、今みたいにフルフルしてて。ほっとけない」

動揺して目が泳ぎまくる私を見下ろし、楽しそうに笑っている。

「星にリツのこと紹介してって頼んでたんだ、実は」

何だかもう色々と聞いたことがない話ばかりで、ついていけない私の頭はショート寸前。

「ずっと見てたから本当はわかってた。リツが朝陽のこと好きなの。こっち見てるなって思っても、リツが見てたのはいっつも朝陽だし」

私の頭を挟んだままの奏太くんの大きな手は、ぐしゃぐしゃと私の頭を撫でて。

「ごめんな。星に協力してやってとか、俺ずるかったよな。したけど……、さっきみたいな時にリツのこと守れなかった朝陽にはやっぱ譲れねえわ」

あれはきっと朝陽が出しゃばったりなんかしたら、余計騒ぎが大きくなりそうだったから……。

「奏太くん、私は」

「んな簡単に振るなよ?　朝陽と付き合ってるわけじゃないんだったら、少しは考えてくんない？」

何も言えなくなってしまって目を逸らし海面を見下ろした。青くたぷんたぷんと揺れる水面みたいに私の心も落ち着かない。

「帰るか、そろそろ」

「うん」

奏太くんの背中は確かに朝陽に似ている。背格好や肩幅や……。

今頃、朝陽はあーちゃんの話を聞いているのだろうか。

あーちゃんに私のことを説明したのだろうか。

明日、あーちゃんは私と話をしてくれるのだろうか。

朝陽に会いたい、会って話がしたい。

そう思うことは、あーちゃんへの裏切りになるのかもしれないから。机の上にスマホを置いたまま、明日のことを考えていた。

奏太くんのおかげで今日のように全員から無視されるということは、おそらくはないだろう。

でも、あーちゃんは？

音をオフにしていたスマホが急に震える。すぐに開いた画面に見えた、朝陽からの『会いたい』というその四文字に心が先走る。

急かされるように立ち上がり階段を下る途中で、もう一度部屋に戻りパーカーを羽織る。フードを目深にかぶったまま、家を抜け出した。

石畳を走る音が夜に響く、いつものオレンジの街灯の下。

私と同じように目深にパーカーを被り手を上げる朝陽。

互いの考えていることが同じで近づいたら顔を合わせて苦笑してた。

「俺らって芸能人みたいだよね」

「……、こんなんで有名になりたくなかったけれどね」

笑えない朝陽の冗談にため息。

いつもならばここで立ち話、だけど今日はじっとしているのが怖い。また誰かに見られたらどうしようって。

無言のまま並んで歩きながら坂道を下り、電車通りを横断してそのまま真っすぐ海に向かう。

朝陽と二人で花火をした夜のように波の音だけが聞こえて、暗がりの海の上、反射した街灯がユラユラと揺れていた。

それに背を向けて柵《さく》にもたれるように隣り合って座り、話の糸口を互いに探っている。話さなきゃいけないことはたくさんあるのに、まずはどこから話そうか。

「やっぱりさ、あの写真はリッちゃんと俺で、んで付き合ってますって言った方がいい気がしてきた」

大きなため息と共に、突然口を開いた朝陽の話に驚きと実感が湧き出た。

こんな時に少し嬉しいなんて不謹慎《ふきんしん》だから、それには反応はしないようにしたけれど。

「今日以上にややこしいことにならないかな？　あーちゃん……。あの後どうだった？」

「ん、話聞いてもらえなかったよ。星、自転車漕ぐのめっちゃ速くてさ。やっと追いついたと思ったら『ついてくんな、朝陽なんか大嫌いだ』だってさ」

寂しそうな顔をした朝陽は、きっとあーちゃんの泣き顔を見てしまったのだろう。

「ついさっきまで奏太と話してた、和解はしてないけど」

「奏太くんと？」

今日私が奏太くんに告白されたことはまだ朝陽には言えていないから。彼の名前が朝陽の口から出るとドキリとしてしまう。

「奏太から告白されたでしょ、リッちゃん」

じっと私を見下ろす朝陽に、動揺しかけたけれどすぐに頷いた。

「俺と付き合ってるって、奏太や星には伝えてもいい？　リッちゃん」

見上げた朝陽の目は優しかった。私が頷くのを待っている。

だけど頷いてしまえば、私はあーちゃんと。朝陽は奏太くんと、わだかまりができてしまうんじゃないか。

私はともかく朝陽までがクラスで浮いてしまうんじゃないかって、そう思ったら。

「朝陽、」

「リッちゃん」

少しかがんだ朝陽の背に月が隠れ、私の次の言葉を飲み込ませるような長いキス。

それが嬉しいのと悲しいのとで落ちた涙にも朝陽はキスをした。

「俺さ、逃げてるんだ、ずっと」

何から？　と聞くことはせずにじっと朝陽の言葉に耳を傾けた。

朝陽は指を絡めて私の手を握りながら波の音に紛れてしまうくらいの小さな声で話し始めた。

「本当はね、逃げてきたんだ、函館《ここ》に。学校ももう辞めようって思ってて。でも奏太が『来い』って。俺のこと信じてるから『来い』って言ってくれて」

朝陽の声が震えている、自分の感情を正直に伝える時の私みたいに。

「だから奏太には感謝しかない、いとこで親友で兄弟だってそう思ってるけど」

絡めた指に少し力が加わったのは気のせいではないだろう。

「でもね、函館で暮らそうって、そう決意できたのはあの日リッちゃんに出逢えたからだよ。あの場所で出逢えてなかったら、多分今ここにいなかったと思う」

それって、まさか⁉

ハッとして朝陽を見上げたら、月明かりに光る頬。それが何だか夢の中の風景みたいで、朝陽が消えてしまいそうで思わず。

「リッちゃん？」

朝陽にしがみつくように抱きついた。離してしまえばどこかに消えてしまうんじゃないかって、怖かったから。

「リッちゃんの手紙、何度も読んじゃった、ごめんね」

そんなの今はどうでもいい、朝陽の胸の中が温かいこと、それだけで。

抱きしめ返してくれた腕の中、朝陽の心臓の音が聞こえる。当たり前のことだけど、それが一番大事なの。

「あれからずっと……。俺にとっては奏太のことも、リッちゃんのこともどっちも大事でどっちも必要。……、前は何もいらなかったくせにさ、皆と一緒にいるうちに欲張りになっちゃったかも」

私は？　私にとって大事なのは？

目の前にいる朝陽、それから浮かんでくる、あーちゃんの笑顔。

「……私も、欲張りになったみたい」

誰かを求めてはいけないってそう思っていたくせに、気が付いたらあーちゃんのことも朝陽のことも大切で。それに奏太くんとも友達でいたいなんて。

「少し時間置きながら、ゆっくりでもいい。奏太と星と話していこう」

同意して頷いた私に朝陽は念を押す。

「だから別れたいとか言わないでよね、さっき言おうとしたでしょ」

ギクリとするのは図星だからだ。私さえ全部諦めてしまえば上手くいくんじゃないかって、そう思うのはもう癖《くせ》みたいだ。

だけど朝陽を失うかも、と思ったら……。

「もう言わない、でも」

「ん？」

「朝陽にサッカー続けてほしい、それは言わせて」

「……、そうきたか〜」

ハハハっと乾いた笑いを零して。

「大丈夫、さっき奏太とはそこだけは和解した。ひとまず秋季大会終わるまでは続ける、そこから先はまた考えるよ」

よかった、と笑ったら朝陽も苦笑する。

「ただ、リッちゃんのことについては和解はまだしてないけどね。でも頑張る、奏太とちゃんと話をつけるから」

だからさ、と私をギュッと抱きしめた朝陽は。

「俺たちはもう何かを諦めるのを止めようよ、リッちゃん」

朝陽の言葉は深く刻まれた、まるで呪文のように。

諦めない、あーちゃんのことも諦めたくはないから。

「おはよ、あーちゃん」

翌朝、昇降口で先に靴を履き替えているあーちゃんに声をかけた。

私の顔をチラリと見た後で、何も言わずに背を向けて教室に向かって歩いていく。

その態度に胸が痛んだけれど。

「おはよ〜！　リッちゃん」

背中をポンと叩かれて、振り返ったら朝陽の笑顔がある。

「おはよ」

うん、頑張れる。

朝陽より一足先に教室に入る。昨日の今日だもの、それなりの覚悟はしていた。だけど奏太くんのおかげなのか、昨日のように無視されることはなく。目が合った人は「おはよう」と気まずそうではあれど声をかけてくれた。

ただ一人、あーちゃんだけは私を見ようともしない。

時間がかかってもいい、朝陽のことを好きなこと伝えよう。

伝えて、それからあーちゃんのことも大好きだって言わないと。

今すぐには無理でも、たった一人の親友だって私もそう思っているから。


八月終わりになると秋めいたとか、そんなのではなくすっかり秋なのだ。

つい最近までは夏だったのに、瞬《まばた》きする間に秋に変わっていたりする。

時々降る雨が上がれば気温が下がっている。

今朝は冷たい雨、少し憂鬱《ゆううつ》な気分を振り払って早めに家を出る。

「行ってきます〜！」

「気ぃ付けてなあ」

じっちゃんの声に見送られて赤い傘を差して歩き出す。

天気の悪い日は、こうして徒歩で学校に向かう。

雨のカーテンの向こう、灰色にくすんだ色をした海が憂鬱さを後押ししてくるみたい。

二学期が始まって三日、たったの三日がすごく長く感じる。あれきり、まだ一度もあーちゃんとは話せていないからだ。

嫌がらせを受けているわけではないから、一人でいるのは平気。

あーちゃんと一緒にいるようになるまでは大体が一人だったし。朝陽から元気を貰っているから、私は大丈夫。

だけど心配なのは、あーちゃんの方だ。誰とでも打ち解けられる元気が長所のあーちゃんまでもが、なぜか一人でいるんだもん。

寂しくないのかな、って気になってしまう。

誰かとつるまないってだけで殻《から》に閉じ籠っているわけではなさそうだけれど気に

なる。

奏太くんとのことは、皆ノートの貸し借りをしていただけのお友達として認識してくれたようだ。

うちのクラスの女子は奏太くんではなくて朝陽を好きだった子が多いみたいだけど。他のクラスの奏太くんのファンから、反感を買わないだろうかと不安になったのも一瞬だけ。

至って平穏な日々の中で、あーちゃんと私だけが変わってしまった気がする。

夏休み明けから、学校の中にＯＢの姿をよく見かける。

来年の春、創立五十周年を迎えるにあたり、二学期からは卒業生であれば校内を自由に見て回ることができるようになった。

授業の邪魔さえしなければ、参観日のように後ろで観ていることもできる。

うちの母さんもこの学校の卒業生、父さんは他校生だったというから、一体二人がどうやって知り合ったのかは謎だ。

母さんのもとにも創立記念の通知は届いているだろうけれど、来ることはないかもしれない。

廊下ですれ違うＯＢには必ず頭を下げるように。そう言われていたから、母さんと同じぐらいの年の女性に、私はいつものように挨拶をした。

一礼していつも通り、すれ違おうとした瞬間に。

「待って」

私を引き留めたのは声だけではなかった。ぐっと腕を引き、私の顔を食い入るように覗き込んできた知らない女性。

「あ、の？」

突然の出来事に驚くと、その人は慌てて手を離してくれる。

「あ、あら。ごめん、ごめんなさいね」

私の焦り顔を見て平謝りした後、ほんの少し目を細めて微笑んだ。

「成瀬さん……？」

「えっ」

「もしかして、成瀬ミツさんの娘さんじゃない？　そうよね？　お母さんにそっくり‼」

「確かに、成瀬ですが。母の名前は理香子《りかこ》です」

人違いをされているのだろうと母の名を告げると。

「ごめんなさい、てっきり……、ミッちゃんの娘さんだとばかり。でも、成瀬さんなのよね？　もしかしてミッちゃんのご兄弟の娘さんじゃなくて？」

「すみません。父に姉妹はおらず、私はミツさんという方に心当たりがなくて」

そう言った後でなぜだかあの日の光景を思い出していた。

あのお盆の日、じっちゃんが抱きしめていた遺影。大切に抱きしめていた、あの人の写真。

「ごめんなさい、引き留めちゃって。私の勘違いだったみたいね。だけど、あなた本当によく似ているわ。昔のクラスメイトが歩いてきたのかって思うぐらいそっくりだったから」

じゃあ、また、と歩き出したその人を今度は私が引き留める。

「父に聞いてみます、成瀬ミツさんのこと。私が知らないだけで親戚かもしれないし」

「ええ、でも……、でもいいの、もう。ミッちゃんはもう、亡くなっているって人づてに聞いてるから」

ひゅん、と血の気が一気に引いていく感覚。

私が知りたくて、でも知りたくなかったことに少しずつ近づいている気がして怖くなる。

「だからあなたに会えて、まるでミッちゃんとお話できたみたいで嬉しいの。何だか今日はいい日になったわ、ありがとうね、成瀬さん」

その後、私はどうやって早退をしたのか自分でもまるで覚えていない。

鞄も傘も持っていたことは奇跡かもしれない。冷たい雨の中、私は市役所の前まで来ていた。

父さんが仕事を終わるまで、寒さで手指が真っ赤になってもただ立ち尽くしていた。

「どなたかに用事があるなら中で待ったらどうだい？」

そう守衛さんに声をかけられても。中に入ることも立ち去ることもできず、父さんを待った。

ポケットの中でさっきからブルブルと何度も鳴っているスマホは、朝陽かな？

でも今は朝陽とも話せる余裕がない。

「リツ!?」

父さんが仕事を終えて市役所を出てきたのは十九時過ぎのこと。

いつもはもう少し早いから、今日は残業だったのだろう。

「どした？　いつから待ってた？　なして、声かけに来なかったの？」

傘を持つ私の手が震え真っ赤なことに気付いて。

「まず車さ乗れ！　寒かったべ？」

私の肩を抱くようにして車に走り助手席に詰め込むと、父さんはすぐに運転席に座りエンジンをかけた。

「すぐ暖かくなるからな」

ゴオーっと大きな音を立て車内に暖気が流れる中で、ポケットからスマホを出した父さんはそれを確認して電話をかける。

「もしもし、大丈夫だから。今オレのとこに来てたわ、じっちゃん《父さん》にも連絡しておいてくれるか？」

間髪《かんはつ》いれずに電話に出た相手の声は、酷くヒステリックで、スピーカーにしていないのに私にまで聞こえてきていた。泣いているような母さんの声が『本当に大丈夫なの？　リツは、そこにいるの？』と叫んでいて。

父さんは何度も「大丈夫」だと母さんに言い聞かせながら、空いている左手で私の頭を撫でた。

どうにか母さんを宥《なだ》めすかして電話を切った父さんは。

「よし、リツ飯食いに行くぐど。たまには父さんさ付き合え」

いつもよりも無理に笑顔を作っているような父さんの言葉に、首を横に振った。

「なして？　あ、父さんと歩くの恥ずかしいってか？」

違う、違う、違う、そうじゃない。知りたいんだよ、教えてよ。

「父さん、仏壇の引き出しに入ってる写真の人、誰なの？」

一瞬にして父さんの顔色が変わるのがわかった。

「う～ん、誰だべな？」

とぼけるように首をかしげた父さんに。

「じゃあ、成瀬ミツって誰さ？　私、今日学校で声かけられたんだよ！　成瀬ミツさんの娘さんじゃない？　そっくりだって。ねえ、父さん？」

私の言葉がまるで聞こえていないように、父さんは車のオーディオに手をかけた。

父さんの好きな函館出身のロックバンドの曲が流れ出す。奇《く》しくもそれは親子のことを歌った曲で、今の自分には辛い歌詞だ。

母さんが赤ちゃんの頃の自分を抱っこしている写真を見たことがある。

優しく目を細めて、その瞳は私のことを愛しいと言ってくれていたから。

お願い、どうか崩れないで、崩さないで。

助手席で泣き出した私を乗せた父さんの車は、ゆっくりと市街地を走り出す。

泣き止まない赤子を乗せて子守りをする、当てもないドライブをしているように。

小一時間走ってやっと車が停まったのは漁火通りにある啄木小公園《たくぼくしょうこうえん》。

石川啄木《いしかわたくぼく》の銅像が夜の闇に紛れて少し怖い。

砂浜に打ち寄せられる波も天候のせいで荒々しいようで、波打ち際で白く跳ねるのだけは夜目にも見てとれた。

しゃくりを上げながらも泣き止んだ私は、ここに来てようやくスマホを確認した。

着信は四十件、そのうちの半分以上は母さんで五件がじっちゃん。

三件が朝陽、三件が奏太くん、一件だけ非通知があって何となくそれはあーちゃんじゃないかって思った。

「いっぱい心配してくれてる人いるんでねえの?」

「……うん」

「じっちゃんからリツが帰ってこないって連絡あったみたいでさ、母さん心配して何回もリツに掛けたけど出ないんだって。危うく警察に捜索願い出すとこだったってさ」

心配かけんな、と私の頭を撫でた後で。

「成瀬ミツは父さんの姉さんだ」

何の前触れもなく父さんは語り出した。

「リツは写真、見たの?」

「見た……、おっかなかった。したって、私にそっくりなんだもん」

「バカだなあ、リツのおばさんだもん、似てるに決まってるべ？　したら、父さんと姉さんは似てないか？」

「んだべ？　ちっちゃい時だっけ、そっくりだってよく言われてたもの」

「似てるけど」

成瀬美都《みつ》、享年《きょうねん》二十五歳。

今までずっと一人っ子だと思っていた父さんの二つ年上の実のお姉さん。

理都《りつ》の都という漢字は、その人の名前を貰ったのだという。

「母さんは姉さんの後輩でさ、テニス部だったんだわ。たまたま姉さんの試合見に行って、そこで母さんに知り合ってさ。したから母さんも覚えてるけども……」

美都おばさんは高校卒業後、東京の大学に行き向こうでそのまま仕事に就《つ》いたのだという。

父さんが函館の大学を出て市役所で働き出したその年に、お姉さんはふらっと突然家に帰ってきたらしい。

「じっちゃんもばっちゃんもビックリしてな？　んでそのまま部屋に閉じ籠ってしまった姉さんに手を焼いてたんだわ。その頃俺もまだ実家にいたから覚えてる。じっちゃんたちと顔を合わせればケンカになって、してさ……、突然倒れて亡くなったんだわ」

「突然?」

「んだ、前触れもなくさ」

寂しそうな顔で父さんはずっと海を見ている。

「親不孝だべ? したから、ばっちゃん怒ってな、位牌も遺影も引き出しさ片付けてまったの! 親より先に逝《い》くやつあるか、って。見てるの辛いから片付けてまったのさ」

じっちゃんは許しているけど、ばっちゃんの遺影と並べたら怒られるかもな、と苦笑していて。自分が死んだときには、ミツおばさんの写真も一緒に並べてほしいと父さんに頼んでいるらしい。

「リツが何ば勘違いして泣いたのか、わかんねえけどもな? リツは成瀬の子だから、父さんにも姉さんにもじっちゃんにも似てて当たり前だべし。さっきの電話の母さんの声聞こえてたか?」

リツは大丈夫なの? 大きな泣き声だった。

「親でねえば、あんなに心配したりしねえべ」

父さんはわかってる。私が泣いた理由をきちんと理解していた。

だって母さんは私よりも拓《たく》だったし、いつもいつも怒ってばかりだし。

だから私は母さんの子じゃないんじゃないか？　って、いつもどこかで思っていた。

まだ首も据わらない私を抱いていた母さんの優しそうな顔を私はちゃんと覚えていないけど、あの写真を見たら愛されてたってわかるのに。

「……なんか、ごめんね、父さん」

泣き止んだ後もずっとしゃくりが止まらない私に父さんは苦笑して。

「したらご飯食べるど！　ちょうど目の前に回転寿司あるし」

「拓にバレたらヤキモチ妬くんでない？　拓の方が寿司大好きだし」

「ダメダメ、拓なんか連れてきたら破産してまう！　リツはあまり食べないから父さんの小遣いでどうにかなるけども」

「今日、腹減ってるよ？　すっごい減ってるからね、食べるよ！」

「いいさ、リツのいっぱいは高が知れてるもの」

笑った父さんの顔は、ミツおばさんに確かにそっくりだった。

それに少し安心して、これ以上何も考えたくなくて、もう一つ重大な質問は心の中に留めたんだ。

ご飯を食べた後、明日も学校だから、と送ってもらって「おやすみ」と私が部屋に入るまで、珍しく父さんはずっとじっちゃんの家にいた。

じっちゃんは私の顔を見て何も聞かずに「おかえり」とだけ微笑んでくれたから、何だかとても安心した。

『ごめんね、遅くなった。父さんと二人でご飯食べに行ってたの。明日は学校行くからね、おやすみなさい』

一方的な報告をグループメッセージに送ったら、すぐに既読が三になった後。朝陽と奏太くんからの個人メッセージが届いたけれど、その夜は開けることはしなかった。

夜明けまでの時間がこんなに長かったのはいつ以来だろうか。

引き出しを開けて、便箋を取り出そうとした私の目に留まったのは、朝陽が返してくれたあの手紙だ。

ずっと確認をしなかった分厚い便箋を封筒から出して読み返す。

五枚にもわたる母への恨み言、妬《ねた》み言、嫉《そね》み言、そしてひたすら母さんに疑問が投げかけられている。

――ねえ、母さん、私は邪魔なの？

――ねえ、母さん、私は可愛くないの？

――ねえ、母さん、私なんか生まなきゃよかったのに

──ねえ、母さん

──ねえ、母さん

今ならそれにもう一つ付け加えられるよ、母さん……。

少し前から階下で小さな物音が聞こえ、じっちゃんが仕事に出かけていく音がした。

誰もいないのはわかっているのに、静かに下に降りた。まだ温かい味噌汁がガス台の上に置いてあり、炊飯器が白い湯気をあげている。

仏壇の下の引き出しを開けて、あの紫の包みを取り出し、まじまじとミツおばさんの写真を眺めた。

初めて見た時の衝撃ほどではなくとも、見ればモヤモヤと心の中に広がる何か。

私と同じ制服を着ているその写真は、今の自分と同じ年ごろのミツおばさんなのだ。

違うのは髪型だけ、ポニーテールを揺らしてピースサインをしている。

その笑った顔がまるで私なのだから驚いた。

『リツは成瀬の子だから、父さんにも姉さんにもじっちゃんにも似てて当たり前』

父さんはそう言っていたけれど、伯母と姪ってこんなにも似るのかな?

私は父さんよりもミツおばさんに似ている気がするんだ。

また見てしまったことを気付かれないように、きちんと引き出しの中に片づけてから、スマホを確認する。

朝陽からは『何があった？　お母さんのこと？　いつでもいい、気付いたら連絡して』

奏太くんからは『急に早退したって聞いてビックリした、明日は学校来る？』

二人からのメッセージを読んでいる間に一件メッセージが届く。

明け方四時のメッセージ、それはあーちゃんだった。

『早退した分のノート、コピーしたから学校で渡すわ』

あーちゃん……、なんで？

ありがとう、とすぐに送ったら既読になってそこからは返事はなかった。

あーちゃんの優しさに、やっとさっき止まった涙がまた零れた。

一睡もせずに学校に行くなんて経験はなかった。今まではほんの少しでも眠れていたから。

仕事が終わるのが、いつもより遅かったじっちゃんと家の前ですれ違い、行ってきます、を伝えた。

ボーッとして焦げちゃった卵焼きのことを報告したら「少し焦げたくらいが丁度いいべさ」と笑ってくれた。

まだ気温が上がり切る前の朝の寒さに、自転車のハンドルを握る手が冷たくてかじかんでる。

「リッちゃん、おはよ‼」

朝陽の声に自転車を止めて振り返ったら。

「おはよ、リッ」

奏太くんとそれから。

「コピーどうする？　今いる？」

笑ってはないけれど、あーちゃんがあれから初めて私に話しかけてくれた。

「学校で……、あ、おはよう！　あーちゃん」

どうしよう、何だか私、感動してる、ジーンとしちゃってる。

「行くよ、リッ。コピー貰うなら早めに行かないとね」

私とあーちゃんのやり取りに笑みを浮かべた奏太くんと朝陽に急かされて、また自転車を漕ぎ出す。

あんなに眠かったのに、それがどこかに吹っ飛んだ気がする。

教室に着いてすぐに、あーちゃんから昨日の早退した分のノートのコピーの説明を受けた。

やっぱりあーちゃんは、面倒見がよくて優しいな。

「ねえ、聞いてる？　わかったの？　リツ」

「あ、……、もう一回お願いします」

上《うわ》の空《そら》でニヤニヤしちゃってた私を、怒りながらもまた教えてくれるあーちゃん。

「あのさ」

「ん？」

「……、ううん、また今度でいいや」

ノートに目を落としたままで何か言いかけて、止めてしまう。

後、もう少し？　もうちょっとだよね？

「ありがと、あーちゃん」

ちっちゃな声で呟いた私に。

「なんもだよ」

あーちゃんもちっちゃく呟いた。

その日四時限目の途中、学校の前にいつの間にか止まっていた車が見覚えのあるものだということにハッとした。

母さんの車だ。

何で？　私に会いに？　それとも創立五十周年の自由見学？

もしかしたら授業を覗きに来るかもしれない、そう思ったらヤケに緊張して何度も何度も教室の後ろの入り口に目を向けてしまったけど教室には結局来なかった。

昼休み、母さんを捜しに廊下に出て小走りで辺りを見て歩く。まだ車はあるから、どこか校内にいるはず。

教室のある三階には見当たらず一階へと降りた時だ。

「母さん？」

昇降口に向かっている母さんの背中を見つけた。駆け寄った私を見て少し気まずいような顔を浮かべている母さん。

夏の日の花火大会の夜以来の顔合わせだからだけではなく、昨日のこともあるのだろう。

もしかして私のことが心配で様子を見に来てくれたのか、それとも。昨日私に声をかけた人を捜していた、とか？

「母さん、見学に来てたの？　言ってくれれば案内したのに」

「案内されなくても、昔と変わってないから大丈夫」

そっか、と笑った私にため息をついた母さんは。

「リツ、冬休みになったら帰っておいで」

「あ、うん」

お正月だからってことだよね、と頷く私に。

「そうでなくて、じっちゃんの家でなくて実家《うち》に戻ってきなさい」

すぐに意味を飲み込めなくて母さんをじっと見上げていたら。

「昨日は早退だの、夏も倒れただのって。好き勝手にさせておけばロクなことしないっしょ、あんたは」

待って？ 帰ってこい、ってもしかして。

「じっちゃんの家でなくて、湯川《ゆのかわ》の家からまた通えってこと？」

「冬休みでなくてもいいわ、来週でもいい。迎えに行くから」

「母さん、ちょっと待って」

「なに？ 帰ってきたくないの？ 母さんがいるから？」

違う、そういうことじゃない、そうじゃなくって。

「わかった？ じっちゃんには今から話してくるからさ、あんたもいつでも帰れるようにに荷物まとめておきなさい、わかったね？」

「母さん、待ってって‼」

背中を向けて歩き出していく母さんを追いかける。

昇降口まで追いかけた私を振り返った母さんは。

「あんまり心配かけないでちょうだいね！　疲れるんだわ、あんたのせいで」

キッと睨んだその目が少し赤い気がして、何も言えなくなった私に母さんはまた背を向けた。

学校を出て行く母さんの背中を見送る私の肩に誰かの手が載る。振り返ると、あーちゃんがいた。

「リツ」

あーちゃんはハンカチを出して私の顔を擦る。よしよしと子供をあやすようなあーちゃんの腕の中に飛び込むと、ギュッと抱きしめてくれた。

「帰り、一緒に帰ろ？　リツ」

その声に何度も頷いた。あーちゃんの声も少し泣き声だった気がする。

「あーちゃん、今日サッカー部は？」

「いいよ、一日ぐらいサボったって」

え？　でも今月末は秋季大会地区予選だよね？

戸惑う私を見て苦笑するあーちゃん。

一緒に来た場所は学校から家もあーちゃんの家すら通り越して、どっく駅《どっく》近くにある可愛くておしゃれな喫茶店、前に二人で行きたいねと話していた場所だ。案内された海の見える窓際に横並びで座る。

「さて、どこから話してもらうかな」

「え？」

「そうだなあ、朝陽とのことからだね？　いつから？」

むうっと頬っぺたをふくらませたあーちゃんが、何も言わない私を小突く。

「私さ、何で怒ってるのかわかる？　リツのその態度だよ！　リツは私のこと信用してない？　親友じゃないの？」

違う、絶対にそうではないと必死に首を横に振ると。

「ちゃんと言いな、なしてすぐ遠慮すんのさ？」

ぐずっと鼻をすすりあげるあーちゃんは零れる前に涙を拭っている。

ちゃんと言ってもいいの？　私の告白はきっと声が震えていたと思う。

「あーちゃんのこと大好きだよ、私なんかが親友って言ったら申し訳ないけど親友だって、一人しかいない友達だってそう思ってて」

「バカタレ！　私なんかって言うな、リツがいいんだよ、私だって」

「あーちゃん……」

釣られて二人で泣きそうになっているところに紅茶のティーポットが運ばれてきた。

店員さんに見られないように誤魔化すように目を擦り笑い合って。

「して？　朝陽のこと好きなの？」

「……うん」

「付き合ってんの？」

答えられずにいる私にあーちゃんはため息をついた。

「付き合ってるってハッキリ言ってくれたら諦めようかなって思ってたのに。いいんだね？　私、諦めなくていいんだね？」

私の頬を両手で挟み込み自分の方を向けたあーちゃんに抗《あらが》えない。

真剣な眼差しに小さく首を振った。

「付き合ってる……、朝陽と」

「好きなの？　本当に？」

「ほ、本当だよ！」

「よく、言えましたー！」

えっ？　あーちゃんの言葉に驚く私に。

「知ってた、朝陽から聞いてたし。朝陽の作り言《ごと》じゃないかと思ったけど、ちゃんとリッツも好きなんだね」

クスクスと笑うあーちゃんの声。

どうして？　と首を傾げたら楽しそうに笑っていて。

「知ってたっての！　早く言いなさいよね？　ちゃんとリッツの口から聞きたかったんだ」

あーちゃんは笑って、私の頭を撫でた。

「朝陽にちゃんと振られてます～‼　リッツと付き合ってるって言われて、そりゃショックだったけどさ。まあ、リッツならいいや」

あーちゃんの笑顔に曇りがないことに驚いて何も言えなくなる。

「朝陽のことはずっと好きだったけどさ。二人がお互いに思い合ってんのにわざわざ入っていったりしないっての。でも、何だろう、リッツに朝陽を取られたって気がしないんだよね。朝陽にリッツを取られたみたいで腹は立つのに」

言いながら自分で噴き出したあーちゃんに釣られて、ようやく私も笑い出す。

夕日が射し込むお店の中、窓の外を見つめるあーちゃんの横顔がオレンジ色に染まってる。

「したからさ、朝陽のことについてはもうゴメンって謝るなや？　あと、奏太にもちゃんと言わなきゃダメだよ。告白されてるんでしょ？」

コクンと頷いたら、ちゃんと返事しとくんだよ、ともう一度念を押された。

「してさ？　リツ。もう一個聞きたい」

「うん？」

「リツの母さん、なしてあんなに冷たそうなの？」

その瞬間、私の表情はきっと強張ってしまったと思う。

「なんもなのさ……、今日のはホラ、昨日早退したのバレててね、して心配したみたいで」

へへっと誤魔化し笑いをした私の頬を、あーちゃんはぶにっと摘まむ。

「リツ、家のこと話したがんないよね？　じっちゃんの家に住む理由もなんかよくわかんないし」

「それは、近いからって」

「だけじゃないっしょ？　前にも病院でリツに対してキツイ話し方してたし、今日だって『疲れるんだわ、あんたのせいで』って。あんな言い方しなくても」

「ごめん」

「リツに怒ってるんでなくて、あんたの母さんの言い方がさ」

「……変なのかな？　あーちゃん？　あーちゃんのお母さんはそんな言い方しないの？」

やっぱり、家は他の家と少し違うの？

あーちゃんの目を見つめる私に、「うん、何か違う、かも」と小さく応えてくれた。

「したけどさ、あーちゃん。私また引っ越すんだわ、湯川《ゆのかわ》に帰るの」

「なして⁉」

「心配なんだって。倒れたり早退したりして、私が危なっかしいことしてるから心配だって……心配してくれてるんだけどさ、あーちゃん……」

あーちゃんの顔がぼやけ始めた。

夕日のオレンジ色の光が目の前いっぱい広がって幻想的な世界の中だから。

まるで夢の世界みたいだからね？　これが夢だったら何を言ってもいいかな？

「帰りたくない……、ずっとじっちゃんのとこにいたい」

蓋をしていた思いが口から溢れると同時に本日二度目、今度はあーちゃんから私を抱きしめてくれて。

「帰るな、リツ。あんた、じっちゃんのとこにいた方がいい、きっと」

きつくきつく私を抱きしめて、一緒に泣いてくれた。

金曜日の放課後、部活が始まる前に奏太くんを廊下で待ち伏せした。私の顔を見て立ち止まってくれた奏太くんに思い切り頭を下げた。

「ごめんなさいっ」

クスクスという笑い声。

「顔、上げて？　リツ」

恐る恐る奏太くんを見上げたら、ニッと笑っている。

なんで？　なんで笑っているの？

「で？　なんの、ごめんなさい？」

「あっ、と……、その」

少し離れた向こう、奏太くんの肩越しに心配そうな顔をした人が見えた。

その姿に目が奪われた私に気付いた奏太くんも、振り返り確認して。

「朝陽《アイツ》のこと？」

「う、ん」

また俯いてしまいそうになる私を下を向かせないようにと、おでこを押さえた奏太くんは何だか楽しそうに笑っている。

「ちゃんと言って？　何がごめんなさい？」

絶対わかってるのに、ちょっと意地悪な顔をしているもん。でも、そうだね。きちんと話さないといけない。

「奏太くん、ごめんなさい。私、朝陽と付き合って、る……」

語尾が聞こえなかったかもしれないけれど、人が行き交う廊下で出せた精一杯の声だ。

「知ってたけどね、朝陽から聞いてた、とっくに。どうしてもリツが好きなんだ、とか言われたらさ。仕方ないじゃないか」

苦笑する奏太くん。またた、朝陽ってば、あーちゃんにも奏太くんにも私のこと話してたんだ。

私が知らない間に、一人で解決してくれようとしてたの？

私が自分のことだけで、いっぱいいっぱいだったのに気付いてた？

「リツから聞くまでは知らないふりしてた。だって、そうでもしないとリツが俺のこと考えてくれなさそうだったからさ」

「っ、ごめんなさい‼」

「まだ謝るの？　そしたら、身体で償《つぐな》ってもらおっかな？」

「そうだね、身体で償ってもらおう」

後ろから私を抱きしめる声は、あーちゃん！　いつの間に？

「明日から大会だし、雑用が溜まってんの、手伝って～‼」

「何なら、そのまんま正式なマネージャーになってくれたらもっと嬉しがると思うよ？」

奏太くんに指を差され、こちらの話が聞こえていない朝陽は首を傾げている。

「今だけでいい、大会が終わるまででいいから朝陽の応援してくんないかな？　リッ」

いつの間にか真顔になった奏太くんとあーちゃんに、何となく感じる違和感。

「正式なマネージャーになるかは少し待って……？　でも、明日からの大会終わるまでは手伝いに行く」

私の言葉の意味を察してくれたあーちゃんは、うんうんと何度も頷いてくれた。

◇◇◇

あの日、あーちゃんと二人でカフェに行った木曜日のこと。

家に帰ったら、じっちゃんが私を呼ぶ。理由はわかってた。

困ったような顔をしたじっちゃんは。

「リツは湯川《ゆのかわ》に帰りたいかい?」

やっぱり母さんが来たんだ。

「……、帰った方がいいのかな?」

「リツの気持ちはどうなのさ?」

ほんの一瞬考えてすぐに首を横に振った。

「ここにいたい、ダメ? じっちゃん……」

母さんとモメないように帰った方が、きっとじっちゃんには迷惑かからないのはわかってるけれど。

「ダメなわけねえべ。嫁に行くまでここにいてもいいんだど? リツの気持ちが一番大事なんだから」

じっちゃんの言葉に涙が出て、その翌日に心配して来てくれた父さんも同じ意見だったからまた泣いた。

それでも母さんは、冬休みになったら私を連れ戻すとまだ言っているらしく、この話が解決するまではもう少し時間がかかりそうだった。

久しぶりに朝陽とゆっくり会話ができたのは、その夜。

大会前で練習ばかりだし、ここ最近のゴタゴタもあって疲れてるかもしれないと遠慮して、おはようやおやすみの挨拶メッセージしか交わせていなかった。

『朝陽、今から会える？』

自分からそんなメッセージを送ったことがなかったから、返事が来るまでドキドキした。

『会えるに決まってる、すぐ行くね』

そういえば朝陽と会える日の月明かりは、いつも眩しいぐらい青白く大きい気がする。

先に待ってるのは初めてで、坂の上に自転車に乗ったシルエットが近づいてきて手を上げた。

「ごめんね、急に」

「全然、リッちゃんに呼び出されるのって嬉しすぎる」

「朝陽にね、たくさん聞いてほしいことがあるんだ。時間大丈夫？」

「大丈夫、朝までだって聞いてあげるよ」

「そこまではかかんないよ」

今夜も二人ともパーカーのフードを目深にかぶって、笑いながら海へと向かう。

コンビニで温かいカフェラテを買い、海に背を向けて柵にもたれながら隣り合って、あーちゃんと仲直りしたこと、まずはそれから報告をした。

二人でカフェにも行ったんだよ、と伝えたら朝陽は目を細めて喜んでくれた。

「朝陽、あーちゃんに私とのこと言ったんでしょ？」

「うん、星なら話せばわかってくれるだろうなって。それに誤解してほしくなかったから。だって、リッちゃんの親友でしょ？　俺だけが知ってるリッちゃんを教えたくなかったけどね」

「え？　まさか、手紙のこと⁉」

「それは言ってない。ただ、リッちゃんは自分のことより人のことを優先するダメな癖があることと、遠慮して何を言っていいのかわからなくって黙ってしまう癖があることをね」

「あーちゃんはなんて？」

手紙のことじゃなくてよかったけれど、あーちゃんに変な癖とかバレちゃうの恥ずかしい。

「朝陽が言うな、腹立つ！　って言われた。俺なんかよりもずっと前から気付いてたって。でも踏み込めなかったんだってさ、リッちゃんから言ってくれるの待ってたみたい、家のことも」

ハッとして朝陽の顔を見たら。

「星だって気付いてたんだよ、リッちゃんが何か困っていること。奏太だって気付いてる。リツって時々すごい寂しそうに笑うよね、って言ってたしね。二人とも」

自分が思うよりも私はたくさんの人に思われている、最近になってようやくそれに気付いた。

なのに、私はまだ何も返せていない。皆の優しさに自分ができることはわかってきたというのに。

まだブレーキをかけてしまう、後もう一歩足りない、悔しい。

でもできることから、自分がやれることから。

「明日、奏太くんに朝陽とのこと話す！　それから、あーちゃんや奏太くんとも、もう少し遠慮せずに話せるようになる、な、なりたい……」

「全員、俺だと思って話したらいいいんじゃない？」

「それは無理だよ、朝陽は一人しかいないもん」

朝陽があの日あの場所にいなければ、本当の私を見つけてくれなければ、今ここにはいなかったかもしれない。

こうして全部話せるのは朝陽だけだよ。私を丸ごと受け止めてくれた初めての大切な人。

「うん、嫌かも。リッちゃんが憎まれ口叩きながら照れる顔とか最高に可愛いから誰にも見せたくないし」

瞬間耳まで熱が持ったように火照《ほて》って。

「嫌い、朝陽のそういうとこ」

「言いながら赤くなるんだもん、そういうとこ俺は好き」

笑いながらギュッと抱きしめられたら何も言えなくなるじゃない、朝陽はずるい。

それから、ミツおばさんのことを話した。父さんやじっちゃんにも言えなかったこと、きっとこれだけは言わない方がいいんだってこと。

朝陽に話したら涙がこぼれた。

泣き止むまで抱きしめてくれた朝陽は、母さんの話を聞いて。

「リッちゃんが母さんの側で笑って暮らせるなら帰ってもいいと思う、でもそうじゃないなら帰らない方がいい」

朝陽の言葉に後押しされて、冬休みになったら一度母さんと話をしようと決心した。

◇◇◇

放課後、久しぶりのサッカー部の様子は、夏休みの最後に見た時とそんなに変わりはなかった。つまりは荒れているままだ。

「リッちゃん、来てくれたの？」

麻友さんは相変わらず優しい笑顔を覗かせてくれる。

明日から大会だというのに、三年生だけ練習メニューが別。

赤塚先輩も辞めるのは踏みとどまってくれたみたいだけど、どうも和解はしていないみたい。

いつも通りマネージャーの仕事は忙しそうなのに、大会が終わったら麻友さんは部活を引退してしまう。来年一年生マネージャーが入ってくれなければ、あーちゃんは一人だ。

それを思うとすぐにでも正式に入ってあげたいのだけれど、その前に母さんと話をしなければ。

グラウンドに向かう途中で、あーちゃんにはそのことをサラッと伝えた。

「じっちゃんと、父さんは私の気持ちを優先してくれるって。でも冬休みになったら母さんとちゃんと話し合って、じっちゃんのとこに住むって伝えたいから。それまでは正式にじゃなくても手伝いに来るね。もうちょっと待ってね」

あーちゃんは驚いた顔で私を見つめて。

「最近、リツの声がいっぱい聞けて何か嬉しい」

と笑いながら私の頭を撫でてくれた。

「じゃあ、掃除してこようかな、部室」

ジャグの用意を終えて、あーちゃんに声をかけたら。

「いい、いい、私が行くから。リツは麻友さんにスコアブックの付け方教えてもらって」

「そうだね、リッちゃんはほぼマネージャーだしね。そろそろ教えてあげよう」

ふふっと笑った麻友さんの横に座って、スコアブックの記し方を習い始めてすぐのことだった。

一、二年生が紅白試合を始めた中、私たちの隣に立ってそれを見ているだけの三年生が。

「さすがですよねえ、元名門高校のエース様」

「奏太、気を付けろよ？　味方じゃなくて敵かもしんねえぞ」

ゲラゲラと笑いながら野次を飛ばしている。元名門高校のエースって朝陽のこと？

『今だけでいい、大会が終わるまででいいから朝陽の応援してくんないかな？　リツ』

奏太くんやあーちゃんが心配そうに言っていたのはこの事？

「ねえ、休憩長すぎでしょ！　早く練習戻りなさいよ」

顔をしかめた麻友さんが三年生に声をかけると渋々皆グラウンドに戻っていく。

「何かもう雰囲気悪くてごめんね、リッちゃん」

麻友さんが謝る必要なんかないのに、と首を横に振った。


八月最後の土日、秋季大会函館地区予選の日。

「リツの友達の、あの子達も出るのかい？」

大量の弁当のおかずを詰める私の横で、じっちゃんが海苔《のり》をあぶってくれている。

手摘みの海苔《のり》、おにぎりに巻いたらとても美味しいからと市場で貰ったらしい。

「そうなのさ、二人ともフォワードっていってね」

「フォワードぐらい、じっちゃんもわかるさ。バカにすんでねえど」

「あ、ごめん」

笑い合う和《なご》やかなこの時間、穏やかな気持ちでいられるこの家。ずっとこうしていられますように、と願わずにはいられない。

「頑張れって、じっちゃんも応援してたって伝えてな?」

「わかった!」

行ってきますと家を出て、今日は市電に向かって走る。

五稜郭近くにある北内《ほくない》高校が今大会の会場。一本目の市電には三人が乗っていなかったから見送って次を待つ。

五分後に来た車両の中で手を振る皆の姿が見えたから。

「おはよう」

手を振り、乗り込んだ。

「リツ、おはよう! 何かすごくない? 荷物」

肩からかけた大きなバッグの中身は三段弁当とおにぎりだ。

「じっちゃんとね、作ったの、弁当。花火大会の時の男の子二人が試合に出て、あーちゃんがマネージャーだって言ったらさ。皆にご飯食べさせろって! あ、応援してるって! また遊びに来いって、いつも言ってる」

三人とも私のたどたどしい話を聞き、楽しそうにクスクス笑ってるのが、何だか恥ずかしい。

「リッちゃん、貸して。持つから」

朝陽が私の荷物を取り上げて自分の肩にかける。

「優しい、なんなの？　彼氏面《づら》？」

「ホント、うざい。朝陽の彼氏面がうざい」

あーちゃんと奏太くんの冷やかしに、朝陽と目が合ったら照れちゃって。

「リツ、うわああ、真っ赤だ」

「もう本当リツのこういうとこ放っておけない、やっぱ朝陽に渡したくねえな」

「ふざけんな、俺のだから」

二人に対抗してポロッとそんなことを言ってしまった朝陽も、自分の言葉にハッとして真っ赤になったから。

それを見てニヤリとした二人に、朝陽も私も電車を降りるまでイジられてしまったのだ。

第五章　初雪が降る前に冬の匂いがした

目の前から歩いてくるのが、今日対戦する相手チームの人たちと三年生の赤塚《あかつか》先輩たちだということがわかった。

濡れタオル入りのクーラーボックスを背負い、立ち上がった私に気付いた先輩は、気まずそうに目を逸らす。

「マジでいいんだよね？　言っちゃっても」

私の存在に気付いていない相手チームの人が言いかけた何かを、赤塚先輩は睨んで黙らせている。すれ違いざまに威圧するような視線を私にも投げかけていった。

何だかとっても感じが悪くて嫌な気分だ。

土曜日《きのう》の第一試合の時もそうだった。

前半は赤塚先輩、後半に朝陽《あさひ》を出した。交代を告げられた赤塚先輩は不満そうだった。

赤塚先輩のミスで試合折り返しの前に二失点となり、朝陽と交代させられたからだ。

ベンチに戻ってきた赤塚先輩は、その後三得点を決め二戦目に導いた朝陽を悔しそうに唇を噛みしめながら目で追っていた。

「どうしたの？　リツ。水道混んでた？」

「あ、ううん、そういうのじゃないんだけどさ。あーちゃん、あのね」

「ごめん、後でもいいかな？　取りあえず試合の用意してから聞くよ」

「うん」

あーちゃんや麻友《まゆ》さんと共にジャグやアイシングの用意をし、そのまま慌ただしく昼食タイムに突入。

日曜日の今日は午後二時からの試合、午前中ギリギリまで学校のグラウンドで練習し、先ほど試合会場に到着したばかり。確かに忙しくて話す暇もなさそう。

遠目で相手チームを見ると、チラチラと朝陽の方を目で追いかけてるさっきの人たち。やっぱり感じ悪い。

「リッちゃん、絆創膏《ばんそうこう》ちょうだい」

救急箱を持ったまま突っ立って、ずっと彼らを目で追っていた私の前に当の朝陽本人が顔を覗かせるから驚いた。私のそんな様子をいつから見ていたのか、朝陽はからかうように笑って。

「え？　なに？　もしかして向こうのチームにリッちゃん好みのイケメンがいたり」

「違うよ、なんでそうなるの！」

冗談でもあんな感じの悪い人たちに好みなんかいるわけがない。絆創膏を一枚取り出すと、貼ってと肘の傷を見せてくる。

「朝陽」

「うん？」

「無理しないでね、最近、怪我が多い気がする」

朝陽や奏太《かなた》くんの上手さは既に地区の中でも広がっているからマークも多いし、そうなると必然的に怪我だって増えてくるのはわかってはいる。

ただ、練習時点で朝陽への三年生の当たりの強さで打撲《だぼく》や傷が増えている。

「もうちょっとフィジカル鍛えなきゃなんないよね」

へへっと笑う朝陽に、そういうことじゃないんだよ、とは言えなかった。

朝陽だって気付いているはずだもん、悪意のある嫌がらせに。

試合真っ最中、何が起こったのか誰もわからなかった。朝陽が倒れこむ瞬間がスローモーションみたいで皆が息を飲んだ。

試合は最初から赤塚先輩ではなく朝陽がスタメンだった。昨日の試合での動きを見て監督が決めたのだ。

当然赤塚先輩は納得してないようだったけれど、結果的には奏太くんとのコンビも絶好調で二人で一得点ずつゴールを決め順調に試合は進んでいた。

前半残り十五分くらいたった頃だろうか。本当に突然、朝陽が倒れこんだ。

なぜか動きを止め棒立ちになった朝陽のボールを奪うのに、強引にスライディングタックルを食らわせたのだ。

そんなことしなくても普通に奪い取れたはずだから相手チームは当然ファウル。

だけど、朝陽がなぜ動きを止めたのかわからない。

ただその少し前、朝陽のドリブルの行方を塞ぐように相手方が三人で取り囲んでいた。その中の一人の顔は、赤塚先輩と一緒にいた人だとわかった。

支えられるようにしてベンチに戻ってきた朝陽の顔色は青く、右足を引《ひ》き摺《ず》っている。

赤塚先輩に交代して、試合はそのまま続行。その間に私はあーちゃんから朝陽の怪我の手当をするようにと救急箱を手渡された。

「ソックス下げるね？」

項垂れ何も言わない朝陽の前にしゃがみ込み、靴下を下げると脛《すね》についた大きな傷から流血していた。

多分相手のスパイクのせいだろう。

傷口を洗い流し手当をしながら顔を見上げても、私とは目も合わせず無表情のまま。

足を引き摺っていたのを見ると、捻挫の可能性もあるかもしれないしと足首に湿布を貼って。

「頭打ってない？　気持ち悪いとかない？」

ううん、とやはり目を合わせずに首を振るだけの朝陽。首に濡れタオルをおいてそのまま試合が終わるのを待つ。

結果はまさかの四対二でうちの学校の負け。帰りの電車の中は誰もが無言だった。


『エース負傷、名門校予選敗退』

五年連続春夏全道大会に進んでいたし、地区大会では無敵だったはずの我が校の試合結果は翌日の地方新聞にも載るほどだった。

エースと呼ばれ出した朝陽の経歴などが細かに載った記事は、少しずつ波紋を広げ始める。

思えばその頃から、朝陽の周りは小さな変化を見せ始めていたというのに、私がそれに気付いたのは十月の終わり。試合から二ヶ月も後のことだった。

「おはよ、リッちゃん」

足の怪我はとっくに治ったのに、朝練も放課後の練習にも出ない朝陽。

そんな朝陽を心配して奏太くんから頼まれたのは『朝陽と一緒に登校してあげてほしい』ということだった。

家の前の坂道を下った十字路で朝陽と待ち合わせて、二人で自転車を押しながら登校するのがここ最近の日課の一つ。

何気ない会話、うちのじっちゃんの話や奏太くん家で飼っている犬の話。最近は奏太より俺に懐《なつ》いてるんだよ、と笑う朝陽だけど。

ねえ、朝陽？　私が気付いてないと思ってるの？

どうして寂しそうに笑うの？　なにを心の中にため込んでいるの？

「なに？　なんか付いてる？」

じっと見つめてしまっていたのを悟られたようで、苦笑して前を向く。

いつか話してくれるのを待とうか、それとも無理にでも聞いてしまうべきか。

迷ったまま、今日も聞けずにいる。

「朝陽、日曜日に大沼行かない？」

「あ、紅葉？」

「そ、覚えてた？」

「覚えてるよ、リッちゃんと初めてデートした場所だし。その時リッちゃんが言ってくれたんだよ、秋になるとすごくキレイなんだよって」

朝陽が私の話を覚えていてくれてたことが嬉しい、だから。

「あのね、冬は雪祭りもあるの。それも一緒に行こう！　奏太くんやあーちゃんもきっと行きたいって言うよ」

私が知っているこの町の色んな季節を朝陽に見せてあげたい、一緒に笑ってほしい。

「リッちゃん」

「ん？」

「ありがとね」

そんな泣きそうな笑顔でお礼なんか言わないでよ、らしくないんだよ、朝陽のくせに。

気付かないふりで私は「なんもだよ」と笑うしかない。


その朝の教室は、何とも異様な雰囲気だった。

いつもなら教室に入ると同時に朝陽を取り囲む女の子たちの姿は無い。

男子たちも朝陽に話しかけることがない状況の中、朝練を終えて私たちの後に教室に入ってきたあーちゃんだけが普段通り。

あーちゃんもすぐに教室のおかしな状態に気付き始めたようで、お互い顔を見合わせて首を傾げる。

私が一瞬無視された日とはまた違う、嫌な感じだ。

昼休み、朝陽とあーちゃんと三人でお弁当を食べていた時のこと。

「マジで？　は？　人殺しじゃん？」

男子の声が教室中に響き渡って、その瞬間全員の目がなぜか朝陽を見ていた。

朝陽はその視線から逃れるようにまだ半分残っている弁当を片付けて、「何か朝からお腹痛いんだよね、保健室行ってくるわ」と、微笑んで教室を出ていく。

その微笑みが嘘なのはすぐに気付いていたのだから、ついていけばよかった。

放課後になり朝陽に頼まれて鞄を取りに来た奏太くん。

朝陽は保健室に行かず、あのまま早退をしていたようだった。

「ねえ奏太、何で朝陽が人殺しとか言われてんのよ！」

あーちゃんの声が怒りで震えている。

三人での帰り道、奏太くんが「朝陽のことで話がある」と深刻そうにつぶやいた。

その真剣な顔は、他の人には聞かれたくない話だろうと思い、私の部屋に寄ってもらったのだ。

「この話、他のヤツには絶対しないでね」

奏太くんがスマホを操作して見せてくれたのはネットのまとめ記事。

『天才Aの選手生命を奪ったのは、嫉妬《しっと》したもう一人の天才B』

そこには目の部分に黒い線が引かれている写真の男の子が二人。

左はAくん、右のBと呼ばれるその男の子は。

「朝陽、よね?」

私と奏太くんの顔を見て泣き出しそうな顔をしたあーちゃん。

朝陽、だ……、なんで？　全身の血が抜けて行くような気がした、指先の感覚がないほど冷たくなっていく。

同い年の二人の天才サッカー少年は、同じポジションで、幼い頃から切磋琢磨《せっさたくま》し、ライバルとして親友として、将来を期待されていた。

サッカーの名門校に一緒に進学した二人は、激しいポジション争いを繰り広げていたという。

昨年夏、東京の気温が三十八度を超えた日。

猛暑により練習が休みだったにもかかわらず、河川敷《かせんじき》で二人は個人練習をしていた。

途中具合が悪くなったAくんは先に帰ると告げ、Bくんはもう少し練習をしていくと言って二人はそこで別れる。

その帰り道自転車で走行中のAくんは、熱中症により激しい眩暈を起こす。

ブレーキをかける手に力が入らず、坂道のT字路に飛び出し自動車と衝突する事故にあった。

一命は取り留めたもののAくんは右脚を失った。

そこから下に書かれていたのは、匿名アカウントからの憶測じみた数々の罵詈雑言《ばりぞうごん》。

BがAを誘ったんだって、炎天下の練習に。普通具合悪くなったって言ったら心配して一緒に帰るんじゃねえの？

もしかして自転車のブレーキに細工してたりして。

お互い同じフォワードだしな、邪魔だったんだろ。

Aって自殺図《はか》ったらしいよ、同じ学校のやつから聞いた話だけど。

Bさ、三学期になってからやっと学校に来なくなったって！　よく今まで来れたよね、人殺しかけておいて。

転校したらしい、今どこにいるんだよ？　〇田　〇陽くん！

倉〇　朝〇発見、函館なう‼

サッカーしちゃってるけどいいの？　罪悪感とか感じないんかね？

普通ならサッカーなんて一生できなくない？　ないわー、無理無理

今日も普通に学校来てますー、よく来られるな

違う、朝陽はずっと泣きだしそうだったし、苦しんでいたもん。

「朝陽が今年の正月から家の中で引き籠っちゃってさ、おじさんもおばさんも困ってて。何とか説得して、アイツをこっちの学校に転校させたのは俺だし、誰も知らない場所でならきっと、ってそう思っていたのに」

奏太くんも、あーちゃんも、私も泣いていた。

今、朝陽は一人で何を思っているんだろう。こんな誹謗中傷《ひぼうちゅうしょう》にずっと一人で耐えていたの？

記事にあることは真実と嘘と中傷が混じり合っていた。

奏太くんが朝陽から聞いた話によると。

その日、Aくんから連絡がきて、一人で練習するつもりだった朝陽は彼を誘った。途中体調を崩したAくんは一緒に帰ろうとした朝陽に「いいよ、オマエもっと練習したいんでしょ」と気遣ってくれて一人で帰ったらしい。

ネットの掲示板は面白おかしく、そして恐らくは書かれる人の気持ちなんか微塵《みじん》も慮《おもんぱか》ることなく悪意だけで紡《つむ》がれていく。

朝陽は自転車に細工なんかしない。

ポジション争いのために故意に怪我をさせたりなんかしないし、一緒に帰ると言ったのは朝陽もAくんを心配していたからだ。

朝陽の人間性を知っていたら絶対にこんなことは書けない。

「朝陽はバカだからそんな計算して人を貶《おとし》めることなんかできないっての‼　つうか、いつから言われてたのさ？　朝陽は気付いてたの？」

「決勝戦の時、朝陽が怪我したじゃん？　あの時近くにいた一年生が、聞き間違いかもしれないけどって俺に教えてくれた。朝陽を取り囲んで『人殺し』とかなんとか言ってるの聞こえたって」

『マジでいいんだよね？　言っちゃっても』

あの時感じた嫌なものはこれだったんだ。

「赤塚先輩……」

私の呟きに奏太くんは頷いた。

「うん、多分そう。赤塚先輩たちの仕業《しわざ》かも。朝陽のこと調べたんだろうな」

「何て性格が悪いのさ、したって朝陽はいきなり辞めるって言った赤塚先輩のために入ってくれたんだよ！　なのに」

唇を噛みしめたあーちゃんが泣きながら怒っている。

「そうなんだけどさ、一生サッカーやんないって言ってた朝陽を無理にでも誘った俺にも責任はあって、こんな思いさせるために函館に呼んだわけじゃないのに。……アイツ、サッカー大好きだよな？　楽しそうだったよな？　放っておいてほしかった」

奏太くんが目をゴシゴシ擦って肩を揺らしている。

朝陽のことを知っていて大好きだからこそ……。

「朝陽のこと、私たちで守れないかな？　朝陽は悪くないもん、絶対に！　朝陽の悪口言った人、全員捕まえて謝らせたい、悔しいよ。皆、朝陽のこと何も知らないくせに」

真っ赤な目をしたあーちゃんと奏太くんが私の顔をポカンと眺めている。

あれ？　何か変なこと言ってた？

「リツ、本当に朝陽のこと大好きだね」

あーちゃんが泣きながら微笑んで私の頭を撫でた。

「朝陽が、俺にリツと付き合ってるって言ってきた時にさ。『リツと出逢えたから踏ん張れた』って言ってたんだ。俺には意味がわからなかったけど、リツはわかる？」

わかる、そう、きっと。

『俺はきっとリッちゃんに呼ばれてここに来ちゃったんだよ。だから絶対に死なせないから、死なないで？　リッちゃん』

生きるから、だからね？　私には朝陽が必要だから。

だから朝陽も約束してよ、私が踏ん張るために。今度は私が朝陽の力になるために。

あの日の朝陽の言葉をようやく思い出して、泣き崩れた。

きっと朝陽だって、あの日私を呼んでいたんだ。

何度か朝陽にメッセージを送っても返ってこないのが心配だったけれど、今日のところは奏太くんに任せようと二人を見送りに外に出た、そのとき。

玄関前に止まった見覚えのある車に驚いた。父さんと母さんがうちを訪ねてきたのだ。

お邪魔しました、と頭を下げる二人に父さんは笑顔で、母さんは無表情のままで頭を下げると家に入っていく。

「何かあったらすぐ連絡ちょうだいね」

二人を見送り、私服に着替えてから父さんたちの待つリビングに降りる。

「今日、健康診断でさ、休み取ってたんだわ！　早く終わったからリツの顔見に来た」

私の大好きなチーズスフレを持って笑ってる父さんは嘘が下手だ。顔が少し引き攣《つ》っているもん。

お茶を淹《い》れてくれたじっちゃんの前で、話を切り出したのは母さんだった。

「あんた、帰りたくないって、わがまま言ってるんだって？」

ギクリとして俯いてしまうと。

「いや、そんでなくてさ、理香子《りかこ》さん。こっから通う方が学校近いし楽だなって、なあ、リツ」

「んだってば、なして悪く取るのよ」

じっちゃんと父さんが私を庇うと、母さんは益々《ますます》苛立っているようだった。

「一年生の時はちゃんと通えてたでしょうや。さっきの友達と遊びたいからって帰ってこないんじゃないの？　止めなさい、今から男の子と遊ぶのなんて。前にも言ったよね？」

『今どきの高校生はすぐ付き合うだの、別れるだの、ってなるんだからさ。自分が傷つくようなことするんじゃないよ』

覚えてるよ、すごく嫌な言い方をするなって覚えてる。でもさ？

「したら、なして母さんは高校時代から父さんと付き合ってたのさ？」

じっちゃんと父さんが驚いた顔をしているのを感じた。私が母さんに言い返すことなんて今まで一度もなかったから。

「今、それは関係ないことでしょうや」
母さんが唇を噛んで私を睨んでいた。
「いるよ、好きな人くらい。ダメなの？　何でダメなの？　私だから？　拓《たく》ならいい？
なんで、いっつも私だけ？」
「リツ、なした？」
異変に気付いた父さんが慌てて遮ろうとしたけれど。
ごめん、父さん、じっちゃん。もう無理かもしれない。
「家から出てじっちゃんのとこで暮らせって言ったり、今度は連れ戻そうとしたり。
なして？　なんでいっつも母さんに振り回されてなきゃダメなの？　ずっと母さんの
思う通りにしてなきゃダメなの？」
「したって、あんたはさ、」
母さんは何かを飲み込むように唇を噛みしめた。涙いっぱいの目で私を見ている。
言いたいこと、あったんでしょう？　ねえ、母さん。私、もう気付いてるんだよ？
「したって、なにさ……？　したって、リツは母さんの子じゃないからって言うんで
しょ」
何も言わないままでいられればよかった。だけど、その日の私は朝陽のことで気持

ちはずっとテンパっていて。今まで抑え込んできた感情が爆発してしまった。

もう後戻りはできない。

「リツ、何言ってんのさ？　まさか、まだこの間のこと疑ってんのか？」

父さんも、じっちゃんも凍り付くように固まっている。

そんな中で私は、母さんの顔をじっと見つめた。

「したら証拠見せてよ、母さんなら母子手帳持ってるでしょ？」

「……失《な》くしたもの」

青ざめた顔色で力無く首を横に振る。

「あるわけないっしょね、親子でないんだもん。知ってるよ、本当の母さんはミツおばさんなんでしょ？　位牌に書いてたもの、亡くなった日。私の誕生日の次の日って、そんなのなんかおかしいでしょ」

母さんは、違う、違うと小さな声で呟いてずっと首を振っている。

「リツ、やめれって、もう」

まだ言い足りない私と小さくなった母さんの間に、じっちゃんが厳しい顔をして割って入ってきた。

「リツの母さんは理香子さんだ。リツが生まれてすぐから、ずっと理香子さんが育ててきたんだ」

「お義父《とう》さん、いいから、言わなくていいから」

母さんがじっちゃんの背中にしがみついて泣いていて、父さんも母さんの背中をさすっていた。

私が悪いの？

父さんやじっちゃんまで私が悪いって責めているようで居たたまれなくなる。

「ごめんください！　リツさんいますか？」

張りつめた空気を引き裂いた声の主はさっき別れたはずの奏太くんだ。

玄関の引き戸が勢いよくガラガラと開いた後で大きな声が聞こえてきて、慌てて涙を拭う。

その場の雰囲気から逃げるようにして玄関に出ると、あまり顔色のよくない奏太くんが、走ってきたのか額に汗をかいていた。

「どしたの？　朝陽に何かあったの？」

私の顔が泣き腫らしたばかりだということに奏太くんは気付き、戸惑った顔をしながら言った。

「いなくなった……、朝陽。家に帰ったらいなくて。自転車はあるのに荷物も減っててさ。スマホも繋がらない……」

「待って、私も一緒に捜しに行く。今上着取って来るから、ちょっと待ってて」

階段を駆け上がり、財布と携帯と、何かあった時のためにICカードも持つ。これがあれば市電でも捜せる。

「どこさ行くの？　リツ」

私の慌ただしさに父さんが玄関に出てきた。

「ごめん、父さん、行かせて。友達がいなくなったの、家出したかもしれない。捜さないと」

話はまた後で、と必死にお願いをすると。

「二人とも待ってれ、今車の鍵《かぎ》持ってくるから」

「え？」

「行きそうな場所に案内しなさい、父さん乗せていくから」

「父さんっ」

鍵を取りに行こうとする父さんに呼びかけたらこっちを振り向いた。

「ありがとね、父さん」

何だかまた涙が溢れてきた私に、父さんは優しく微笑んでくれた。

「心当たりある場所ないかい？」

「一ヶ所だけ……寄ってもらってもいい？」

車を走らせた父さんに駅とは違う方向へ曲がってもらう。

「リツ、なんか心当たりあるの？」

後ろの席に乗った奏太くんを振り返って首を振る。

「わかんない、もしかしたらだけど」

最初に朝陽と出逢ったあの海水浴場、あんなところにいないでほしいと願いながら向かってもらう。

あーちゃんは高校を中心に朝陽の知っている場所を自転車で巡っていて、時々来る連絡は『まだ見つからない』だけ。

奏太くんのご家族も車で捜索してくれているみたいだけど、見つからないのか連絡がない。

あの日、ここで朝陽と出逢った。

海はすっかりと冬色で、波打ち際で真っ白な波が岩を叩き飛沫《しぶき》をあげていた。

車から見下ろすだけでも誰もいないのはわかったけれど。

「朝陽〜‼　朝陽、いる〜？」

窓を開けて大声で叫んでも返って来る気配はない。

「リツ、いないよ、きっと。朝陽はそういうことはしないと思う」

奏太くんや父さんの前では黙るしかなかった。違うよ、私たちはここで出逢った。

きっと奏太くんの思うそういうことをしに、あの日来たんだ。

「どうする？　空港さ、向かうか？　それとも新函館北斗に向かうか？」

朝陽が東京から引っ越してきたというのを聞いた父さんは、一番にその可能性を挙げてくれた。飛行機か新幹線で東京に向かうんじゃないか、と。

「今からなら、どっちも最終に間に合う。したけど飛行機が先だから、空港に行ったとして。それから新函館北斗駅に行くとなれば、新幹線は間に合わないかもしれない」

でも、迷ってる暇はない、こうしている間にも時間は経ってしまう。

「父さん、函館駅で私を降ろして！　そこから私が、新函館北斗駅に電車で向かえば間に合うっしょ？　父さんは奏太くん連れて空港の方頼むわ、後で連絡するから」

「うん、んだな、そうするべ。いいね、奏太くん」

「あっ、はい、お願いします‼」

駅までは十五分くらいなのに今日はもっともっと時間がかかった気がする。

父さんは駅前のロータリーに車をつけてくれた。

「ありがと、行ってきます！」

慌てて降りようとした私の腕を掴まえ、引き留める父さん。

「お金、持っていきなさい。もし友達が見つかったらタクシーで帰ってきてもいいから」

私に一万円札を握らせる父さんが、いつも小遣いをくれようとするじっちゃんに重なって見えた。

「父さん、ありがとう！　行ってきます！　奏太くん、朝陽が見つかったらお互い連絡で」

「頼むね、リツ！」

駅へと走る私が振り返った時には、父さんもう空港へと車を走らせていた。

新函館北斗までの切符を買い、ホームまで出たら、電車は無情にも出発したところ。

次は五十五分後、握りしめていた万札を財布にしまってホームのベンチに腰かけた。

先月の小遣いもまだ残ってるから、これで財布の中には合計二万円以上、使っても使わなくても後で返そう。

お尻はすぐに冷たくなっちゃうし、ポケットに入れてるだけの手は温まらない。

身体を温めるために小さく貧乏ゆすりをしながら、ついたため息は白くなる。

こんな寒い日に、どこ行っちゃったのよ、朝陽……。

心細くない？　寂しくない？　寒くないかな？　さっきから何度か鳴らした電話は今も繋がらない。

代わりにじっちゃんの家の電話から、何度か着信があった。母さんからか、じっちゃんからかはわからない。

ただ今は、じっちゃんとも話はしたくなかった。じっちゃんは悪くない、泣き出した母さんを庇っただけだったのはわかってる。

でも、じっちゃんだけはいつも私の味方だと思っていたから、何だか悲しくなったんだ。

もしかしたら私は母さんの子じゃないかもしれない。初めてそう思ったのはいつだっけ？

怖い顔で海を睨みつけながら、私の手をギュッと握って泣いていた母さん。

あの時からかもしれない、もしかしたら、って時々そう思い始めたのは。

だけどほんの少しでも優しかったりすると、やっぱり私の母さんだ、と思ったり……。

震えながら泣いてたな、母さん。

小さくなって震える姿を思い出したら胸の中でギシリと不快な音がした。

ようやく次の電車に乗り込み、新幹線の始発が出る新函館北斗駅までは二十分ほど。

十一月までにはまだ少し日があるというのに、初雪でも落ちてきそうな灰色の空が藍《あい》色に変わっていくのが車窓から見える。

さっき空港に着いた奏太くんから、『朝陽、いないみたい。でももうちょっと捜していくね』と連絡が入った。

朝陽、今どこにいるの？

もしかしたらもう一人で東京に戻ってしまったの？　戻って、その先はどうするつもり？

もう二度と朝陽に会えないかもしれない不安の中、最終新幹線の一本前の時間に間に合った。

待合室に朝陽の姿はない。ほんの少しの希望を持ち入場券を握りしめて新幹線のホームに向かう。

間に合え、まだ行かないで、頼むからそこにいて。

エスカレーターを下った先に、見覚えのあるシルエットを見つける。

何を考えているのか、足元だけを見つめ立ち尽くしているその人に安堵のため息をついた。

「朝陽っ！」

ホーム中に響き渡るような声で朝陽の名前を叫ぶと驚いたように私を見つけて固まっている。

止まっていた新幹線を前に立ちすくんでいた朝陽は、悪いことをしているのを見つかった子供のように、困った顔をして目を逸らした。

「どこ行く気さ？　皆、捜してるんだよ、あーちゃんだって、奏太くんだって。奏太くんの家のお父さんもお母さんも皆、必死に朝陽のことば捜してるんだよっ‼」

どこにも逃がさないと朝陽のコートにしがみつくと。

「ちょっと帰るだけだよ、週明けには戻るって言っておいて、リッちゃん」

「帰るって、どこにさ」

「ん？　東京」

「なんで？」

「なんで、って……、う～ん、田舎に飽きちゃったから？」

へらりと笑った朝陽はさっきまで泣いていたんだろう、目が赤い。

「違うっしょ？　逃げるんでしょうや」

「全部知ってるんだ、リッちゃんも」

その言葉に表情を硬くして、ようやく私を見た朝陽の目は無気力だった。今まで見たこともない冷たい顔で私を見下ろす。

「ふ〜ん……、まあ、いいや。そんなんだからさ？　リッちゃんも俺といたら悪く言われるよ？　離れたら？」

「はあ？」

「わかってると思うけど、自分のことだけで精一杯なの俺。リッちゃんの重たい身の上話聞いてあげられる余裕とかもうないの、わかる？」

違う、これは絶対朝陽の本音なんかじゃない。そう信じたいのに苦しくなってしまう。

「まあ、丁度いいや。ここで別れようよ、俺たち」

ごめんね、と軽薄そうに笑って見せる朝陽を見上げたら、涙が零れそうになるから必死に歯を食いしばる。

「納得できない！　絶対に別れない」

今、朝陽のことを離してしまったら私は一生後悔する。

「納得できなくてもいいよ。でも俺からは別れたから、じゃあね」

ホームに止まっていた新幹線に向かって、朝陽が歩き出す。

行かないで、行かせたくない、朝陽のコートにしがみつく私の震える指を一本一本外して。

「奏太にしときなよ、リッちゃん。アイツは俺と違って優しいよ」

よしよしと私の頭を撫でて振り返らずに新幹線に乗り込んでいく。

悔しくて落ちる涙のせいでその背中がボヤけていく。

嫌だ、こんなのが最後だなんて絶対に。

「私は、朝陽じゃなきゃ！　ダメなのっ」

朝陽を引き摺り降ろそうと追いかけるように新幹線に飛び乗った。

その瞬間、プシューっと私の背後でドアが閉まる音、チケットのない私を乗せて新幹線は走り始める。

ど、どうしよう、取りあえず朝陽を捜さないと。

朝陽が歩いていった車両へと向かって、ひとつひとつ席を確認する。

一瞬誰もいないと思って通りすぎようとした窓際の席、リクライニングシートも倒さずに、膝の上に肘をつき顔を覆っている人。

肩を震わせて泣く小さな子供みたいなその姿に胸がしめつけられた。

私が隣に座った気配で慌てて顔を擦った朝陽が、こちらを確認した瞬間に目と目が合った。

「リッちゃん⁉　なんで乗って」

「しーっ、……朝陽を降ろそうとしたらドア閉まっちゃったんだもん」

どうしよう、どうしたらいいんだろ、と青ざめる私を見て朝陽は「ふっ」と笑い始めた。

「嘘でしょ、どうしたらそうなるの？　めっちゃウケるんだけど！　何やってんのさ、リッちゃんってば」

「そんなに笑わなくてもいいでしょや」

笑いを必死に堪《こら》えようとしている朝陽も赤いし、恥ずかしさで私も真っ赤になってるはず。

「はー、もうお腹痛い！　腹筋崩壊しそう、久々にこんなに笑ったかも」

はあはあと息を整えて、今度は笑いすぎて出ちゃった目尻の涙を拭いている。

「困ったねえ、どうしようか」

「どうしよう」

ため息をついた私の横で朝陽はスマホで何かを調べ出す。

「次の駅か青森で降りて折り返したら？　リッちゃん」

「朝陽は？」

「俺は東京までの切符持ってるし」

「じゃあ私も東京に行く‼」

「ダメだって、心配してるよ、リッちゃん家《ち》も」

心配、……きっとしてる、でも。

「朝陽のことだって皆心配してるんだから！　朝陽と一緒じゃなきゃ帰らないからね？　降りてくれないなら私も東京行くから」

そうこうしているうちに購入されていない席にいる人はいないか、と切符の確認のために車掌さんが歩いてきて私は慌てて手を挙げて呼ぶ。

「どうされました？」

「あの見送りに来ただけなのに乗車しちゃいまして、それで」

「ではその時の入場券などはお持ちですか？」

「あ、はい」

ポケットの中を探ると、よかった、ちゃんと持っていた。

「指定席券乗車券を購入していただくことになりますが、どちらまで行かれますか？」

「東京です、お願いします」

「そうなりますと二万三千四百三十円になります」

「えっ」

財布の中身、さっき確認した時は二万二千円だった気がする……。

横目で朝陽を見たらしっかり寝たフリ、貸すつもりはないみたいだ。

私を次で降ろすつもり⁉　そうはいかないからね！

「あ、青森の次は」

「次は盛岡、その次が仙台になりますが」

仙台って大きいところだ、修学旅行で行ったことがある地名だし。

「仙台！　仙台だとお幾らですか？」

「一万七千九百五十円ですね、仙台でよろしいんですか？」

「はい、仙台でよろしくお願いします‼」

取りあえず朝陽を仙台までに説得すること、それしかもう頭になかった。

無事に切符を購入し安堵のため息をついた私に、朝陽は寝たふりを止めて困った顔をしている。

「あのさ、リッちゃん。仙台までの切符買って残り幾らあるの？」

「四千円くらい、後ＩＣカード持ってる」

「中身は？」

そういえば幾ら入ってたっけ？　ＩＣカード確認アプリを翳《かざ》したら。

「ジュースしか買えないじゃん」

残金二百五十円を見て朝陽は信じられないと苦笑している。

「仙台着いてどうすんの？　俺も手持ち二千円しかないから、貸したって函館帰れないよ、リッちゃん」

「っ、そうだ、どうしよう、そうか、そうだよね」

帰ること何も考えてなかった。

銀行カードも持ってきてないし、スマホにもそういった機能を付けていない。

参ったな、と項垂れた私に朝陽はため息をつく。

「大体、なんで乗ったりなんかしたの？」

「そんなすぐ出ると思わなかったべさ、電車なんかいっつも早めに来てしばらく止まってるもの」

「電車と新幹線を一緒にしないの！　もう、いいよ、俺も仙台で降りるから。ＡＴＭでお金下ろして貸すからすぐ帰りなよ？」

「……、なして帰りなよ、なの？　なして朝陽も帰ってくれないの？」

「だって俺は東京に家あるし……、転校した理由知ってんでしょ？　親はちゃんと日本にいるからさ、俺が帰るのは東京なの。わかった？」

「わかりたくない」

ふくれっ面で泣き始めた私にまた朝陽の大きなため息。

「ねえ、リッちゃんってこんなに面倒くさい子だったっけ」

「そうだよ、だから最初に言ったはずでしょや？　本当はなまら口悪いし、話してると嫌な気分になるかもしんないよ？　って」

「ん～、でもこんなにわからず屋じゃなかったんだけどなあ」

朝陽の言葉に勝手にチクリと感じて思い出すのは母さんの顔だ。

でもいい。わからず屋と思われたって！　二度と朝陽に会えなくなるよりはマシだもの！

「朝陽、ちゃんと話して？　そして朝陽が東京に帰ろうと思った理由聞かせて」

朝陽の口から聞きたい、きっと誰にも言えずに一人で抱えていたこと。

私にだけは聞かせてほしいんだ。あの日あの場所に朝陽がいた理由も。

新幹線が青函トンネルに入った頃、静かに朝陽は話し始めた。

「大体は知ってるんでしょ、ネットで調べたの？」

「ううん、奏太くんから聞いたの」

あのネットの記事を私が見たことを知ったら朝陽がもっと傷つきそうだから、それは言わないことにする。

「あーあ、リッちゃんには知られたくなかったなあ」

「なして？」

「嫌われちゃうでしょ」

「嫌わないよっ！」

絶対にと言うように無理やり朝陽の手を握った。

朝陽は何度も言いかけて止めてた、本当は聞いてほしくて、でも怖がっていたんだ。

嫌われたらどうしようって怯《おび》えていた。

「ねえ、リッちゃん、これ見てくれる？」

「なに？」

渡されたのは朝陽のスマホに登録された名前。

「西条《さいじょう》理都《りっ》、え？」

「でしょ、リッちゃんだとそう読むよね？　でもさ、アヤトって読むの」

「あやとって確か」

おーい、あやと、と私を呼ぶあの日の朝陽の声。

「そう、リッちゃんの封筒に書かれてた名前にさ、マジで運命感じたんだよね。俺が絶対助けなきゃって、今度こそアヤトを助けなきゃって」

窓の外はトンネルの暗闇を照らす光が連続してヒュンヒュンと流れていく。

同じ車両に乗っている人は数えるほどだったけれど、まるで独り言のようにアヤトくんとのあの日を話してくれた。

「朝から天気いいのに熱中症の恐れがあるとかで練習休みになっちゃってさ。一人で河川敷でドリブルでもしようかなって思ってたところに、アヤトから何してる？　って連絡がきて河川敷でドリブルでもしようかなって思ってた、オマエも来る？　そう伝えたんだ」

アヤトくんは、すぐに『行くに決まってる』と合流したそうだ。

「俺ならよかったのに、って思った」

一時間ほど走りまわって水分補給を始めた頃。

「アヤトが急に寒気がするって。オマエ、風邪引いたんじゃないの？　今日はもう止めて帰ろうぜって。知ってた？　熱中症も寒気がするんだってさ、俺全然知らなくて」

きっと朝陽は、それからちゃんと勉強したんだ。だから今年の夏、私が倒れた時にすぐに的確な判断を下してくれた……。

「朝陽はまだ練習してろよ、オレ一人で帰れるから大丈夫だよ、って。笑ってた、アヤトの笑ってる顔なんかずっと見てたはずなのに、あれが最後だった」

朝陽がアヤトくんの事故を知ったのはその夜、チームメイトからの知らせで。事故が起きたのは朝陽と別れたすぐ後だった。

「ドリブルしてる時に救急車の音、聞いたんだ。多分、あれにアヤトが乗ってたんだよな」

悔やんでも悔やみきれない。朝陽の心はまだその日から立ち直っていない。

アヤトくんが自宅のお風呂場で自殺を図ったのはその四ヶ月後、事故の怪我からの退院直後だった。

幸い発見が早く命には別状はなかったけれど。

それまでお見舞いに行っても会ってくれなかったアヤトくんから、朝陽に連絡があったのは、大事を取って入院していた病院からだった。

やっと謝ることができると駆けつけた先でアヤトくんは。

『なんでオレなの？　なんで朝陽じゃなくてオレなんだよっ‼　行かなきゃよかった、こんなことになるんなら‼』

失った右脚部分を朝陽に見せて泣いていた。

謝ろうとした朝陽に背を向けて耳を塞いでしまったのだという。

『お母さんに弁解のチャンス与えずに文句だけ投げつけて自分一人死ぬの？　楽にな

ろうって思ってるでしょ？　残された周りのことなんか何も考えてないんじゃない？』

『残された人がその後どんな思いで生きていくかなんて。自分にできたことがあったはずなのに気付けなかった、って一生後悔するんだよ！』

朝陽はアヤトくんに取り残されそうになった時、そう思ったんだね。

だから私に話してくれたんでしょ、お母さんに弁解のチャンスをあげなよって。

自分の想いをぶつけて、それからお母さんの話も聞いてあげてほしいと。

あれは朝陽の叫びだったんだ。

「あの日、どうして朝陽はあそこにいたの？」

「わかってんでしょ？　俺も本当はリッちゃんと同じことしようとしてたってこと」

アヤトくんと会ってから部屋に閉じ籠ってしまった朝陽。心配したご両親から話を聞いた奏太くんから何度も連絡があったそうだ。

朝陽のことを心配してあんなに泣いていた奏太くんだもの。きっとその時だって必死に朝陽に手を差し伸べたんだろう。

そうして朝陽は失意の中で思い出してしまう。

『そういえば昔、奏太と一緒に函館で泳いだっけ。そこがいいかな、最後に奏太にも会っておきたいし』

だから函館に来たのだと、朝陽は寂しそうに笑った。

「本当に最初から転校するつもりなんかなかったってこと？」

「まあね、もうどうやって詫《わ》びたらいいかもわかんないし、生きてても辛いだけだったし。それでも、函館に来てやっと普通の生活送れて。だけど、周りの目も、あの頃みたいにまたさ……。罰が当たったんだと思う。アヤトは今もきっと苦しんでるのに、俺一人平和に過ごそうとしてたから。だから、もう一度アヤトに会えたらって、今日はそればっかり考えてた……」

だから東京に戻ろうとしていたのか。

アヤトくんに会って謝れたら朝陽の心は少し楽になるのだろうか、いや多分そうじゃない、そういうことじゃないよね。

「あの日、あの場所でリッちゃんに出逢って。アヤトと同じ漢字の女の子が、今にも海の中に消えて行くんじゃないかって、そう思ったら何とかして引き戻さないとって。そう思ったのは確かなんだ」

私の手を握り返す朝陽の手がやっと少しだけ力強くなって。

「俺と全く違う理由で、逃げることも声を上げることもできないままのリッちゃんが、目の前で死ぬのだけは嫌だった。多分偶然じゃなくて必然だった、リッちゃんとの出逢いは」

私を助けるために生きたいと思ったと、朝陽がやっと微笑んだ。

その微笑みに目頭が熱くなる。だったら、尚更だよ、朝陽。

「私だって、同じだよ」

「え？」

「さっき、朝陽を捜してた時、一番最初に行ったのは、あの海水浴場だったの。もしかしたら、朝陽が一人でどこかに消えてしまうんじゃないかって、すごく怖かったんだよ。だから、あの場所にいなくて、よかったって思ったよ。でも、朝陽？　もう一度アヤトくんに会って、その後はどうするつもりだったのさ？」

あの場所じゃなくて、どこか私の知らない場所で朝陽は一人で消えてしまうつもりでいたんじゃないの？

今度は私が朝陽の手を強く握り返す。どこにも行かせない、絶対に。

今にもまた泣き出しそうな朝陽が私の目を覗き込む。

その目は新函館北斗駅で新幹線を目の前にしてただ立ちすくんでいた時と似ていた。

自分に自信がなくて、不確かでユラユラ揺れる地面に必死に立って、どうでもいいと思っているのに、心の底では助けを求めてる、あの日の自分みたいに。

「帰ろう、朝陽」

新幹線の前で立ちすくんでいた朝陽は確かに迷っていたんだ。

朝陽があの時、不安の中で誰かを求めていたとしたなら、それは奏太くんかもしれないし、あーちゃんかもしれない。そしてきっと私の顔も浮かんだよね？

それで乗ろうか乗るまいか、迷ってた、そうだよね？

「私には朝陽が必要なの。朝陽がいてくれなきゃ、きっとね、またよくないこと考えちゃうかもしれないし」

「ちょ、リッちゃん、それって脅しじゃん」

「うん、脅してるし、告白してるよ？」

「え？」

「誰かが朝陽を責めるなら、私が守るよ。朝陽が悲しかったら一緒に泣くし、笑ってんなら私も嬉しい。だって、一日一朝陽って言ったでしょうや？　なのに、側にいてくれないなんて約束が違うっての！　朝陽がいない函館なんか、帰りたくないからね？　あの日から、朝陽が側にいてくれたから、今の私がいるの、生きてるの。朝陽と一緒に帰りたいんだよ」

私と一緒に生きてほしい。

最後に告白のトドメを刺すように、朝陽の頬を両手で挟み込んで、初めて自分からキスをした。

まるで事故みたいにガツンとぶつかるような衝撃で、私も朝陽もビックリしてすぐに離れたけど。

「リッちゃんてば……下手すぎる」

「なにさ」

クックックと笑う朝陽に恥ずかしくて唇を尖らせた。きっと顔なんか真っ赤だと思う。やってしまったと思ったけど、それでも私は朝陽を連れて帰りたい。

「はー……、仕方ないなあ。そこまでリッちゃんに愛されてるって知ったら置いていけないしね」

「は？　誰もそんなこと言って」

言いかけて、ため息交じりの朝陽の声に顔を上げる。

「リッちゃんのこと、ほっとけないからさ。やっぱり帰るわ、函館に……リッちゃんと帰りたいや」

朝陽の目が真っ赤だった。笑いながら泣いていた。

いいよ、それでいい、どんな理由だって今はかまわない。

今度は私が朝陽に寄り添っていく。

「うん、帰ろうね、朝陽」

泣きながら頷いたら、朝陽の温もりに包まれた。抱きしめ合いながら、二人とも仙台駅に着くアナウンスが流れるまで、声を殺して泣いていた。

仙台駅に着くと、駅構内の案内板でATMを探し当てた朝陽は、早速《さっそく》お金を下ろしに行ってくれる。

折り返しの新幹線まで一時間ぐらい。

新函館北斗に着いたらもう二十四時近くだろう、父さんに今のうちに連絡しておいた方がいいのかな、とスマホを取り出して唖然《あぜん》とした。

バイブを切っていたせいか全く気付かなかったけれど、家からも父さんからもあーちゃんや奏太くんからも。

着信五十件以上って、どこから掛けたらいいの⁉

凍り付いている私のもとに戻ってきた朝陽から、更に凍り付くような話を聞かされた。

「マズイことになった、リッちゃん」

「なに？」

「……無かった」

「はい？」

「……俺さ財布、二個あって」

「うん？」

「違う財布持ってきてた、カード入ってない方のやつ」

ということはつまり、私たちは仙台から出られないってこと？

「待って、父さんに電話してみる。今から迎えに来てもらおう」

「無理だよ、リッちゃん。北海道からの最終便、もう函館出ちゃってるはず」

時計を見てため息をついた朝陽に私も力が抜けた。

「取りあえず相談してみる、ちょっと待ってね」

朝陽がどこにも行かないように、スマホを持つ手と逆の手で朝陽の服の裾を掴むと、苦笑して、私の手を取り握ってくれた。

その手の温かさにホッとしながら、父さんにコールすること一回、ううん、コール音がしないうちに。

『リツ‼　今どこにいるんだ⁉』

父さんの怒鳴り声がビリビリと電話越しに響いて首をすくめた。

その声は隣にいる朝陽にも聞こえたようで、マズイと顔をしかめている。

『新函館北斗まで行ったのに、どこにもいないし！　今どこにいるんだ？　朝陽くんと一緒か？』

「うん、朝陽もいる……、仙台に」

怖くてちっちゃくなった私の声はそれでも父さんに届いたようで。

『は？　仙台？　新幹線でか⁉』

「んなのさ、して、父さん……、困ったことになった」

今こうなっていること、これからどうしたらいいかを相談したら、父さんは電話越しに大きなため息をついた。

『少し電話切るからな！　十分か二十分待ってれ、かけ直す！　あ、それから！　朝陽くんのスマホの電源入ってるのかい？　入ってないなら入れなさい、奏太くん家でも東京の朝陽くんの家でも心配してるんだから』

ありがとう、父さん、と電話を切った後で朝陽にそれを伝える。

そういえばスマホいじってたくせに何で？

電話がどこからもかかってこなかったよね？

「……ごめん、全員通知拒否ってた」

アハハと笑った朝陽を思い切り睨み上げたのだった。

二十分後、父さんからかかってきた電話。駅の近くのホテルに二部屋予約を入れてくれたとのこと。明日の朝迎えに行くから、そこで待っているようにと。父さんの静かに怒っているような声に肩をすくめ、指示通り、朝陽と目的のホテルを目指す。

その間にも朝陽の電話は引っ切りなしに鳴り響く。

最初は東京のご両親、次に奏太くんのご両親とおばあちゃん、それから多分今は奏太くんとあーちゃんみたい。

「ん、ちょっと待って」

涙が落ちないように素早く目尻を擦り、照れたように笑った朝陽からスマホを渡された。

「もしもし?」

『リツ、大丈夫?』

声の主はあーちゃん、今は奏太くんの家にいるという。

『朝陽から話聞いた、何で新幹線乗っちゃった?』

笑いを堪えきれないあーちゃんとその横で奏太くんの笑い声まで。

朝陽め、と横目で睨むとやっぱり何だか笑ってる。

『よかったね、明日土曜日で。ゆっくり観光してから帰ってくれば？』

「んなわけいかないっしょ、明日朝一で父さん迎えに来るって言うし」

『あー、そうだってね、怒られるね』

「うん、すっごい怒られそうな気がする」

駅のコンビニに入っていった朝陽を外で待ちながら、そのままあーちゃんと話していた。

中を覗いたらお茶やおにぎりとかを買い出してる。そののんびりした姿にさっきまでの緊張感が解け始めた。

『リツ、母さんと何かあった？』

「なして？」

『さっき、チラッと会ったんだけどさ、目腫れてたよ、泣き腫らした顔してた』

「そっか……」

母さんと聞くと心の奥底がまた嫌な音を立て始める。

嫌いとかそういう感情じゃない、何か蠢《うごめ》くようなもの。

『明日、帰ってきてから色々聞かせてよね』

「うん」

あーちゃんとの電話が終わった頃、コンビニから出てきた朝陽と連れ立ってホテルへと向かう。

仙台駅前の大きな歩道橋を歩きながら周りを見渡すと、駅に向かう人たちとすれ違った。

「函館駅前にもこういう歩道橋あればいいと思わない？」

「いや、函館駅の出入り口は一階だし、逆にあったら市電の邪魔になるってば、リッちゃん」

そう言われればそうだよね、と朝陽の言うことに納得しながら、階段を見つけ歩道橋を下りる。

上り側はエスカレーターとなっており、仕事帰りのサラリーマンや家族連れ。そして、私たちと同じ年ぐらいのジャージ姿の男の子が上ってくるのとすれ違った時だった。

隣を歩いていたはずの朝陽が、突然足を止めた。

「朝陽？　なした？」

朝陽を見上げたら、エスカレーターから身を乗り出すように、さっきの男の子が振り返っていて。

「朝陽‼」

目を見開くようにしてこちらを振り返り朝陽の名を呼んでいる男の子。朝陽より少し小柄で、小麦色の肌をした彼が、驚いた顔のままでエスカレーターを上りきり見えなくなってしまった。

「ねえ、朝陽？　今、あの子、朝陽って言ってたよね？」

見上げた朝陽は何も言わず俯き、ギュッと拳を握りしめている。

「朝陽？」

もう一度声をかけたら、噛みしめていた唇を少しだけ緩めて。

「アヤトだった……、なんで、アヤトがここに……？」

信じられないものを見たような顔をし、青ざめ苦しそうに肩で息をしている。

「アヤトくんって、あの⁉」

見上げたエスカレーターの先には、もうさっきの彼の姿は見えない。

「朝陽って呼んでたよ、アヤトくん！　ずっと、こっち振り返ってた！　ねえ、朝陽、行こう！　まだ、きっとそこにいるはずだよ！」

声をかけても朝陽は苦しげな顔をして動かず、階段の途中で立ち止まったまま。

二度と会えないだろうと思っていた親友とのほぼ一年ぶりの再会が、こうして突然訪れたことに怯えているようだった。

そっと朝陽の手を握ると指先まで酷く冷たい。

怖い、怖いよね、嫌われてると思ってた人との再会は。

わかるよ、朝陽。でもね?

「朝陽、話そうよ、ちゃんとアヤトくんと向き合おう?」

「え?」

「だって、朝陽が言ったんだよ? 俺たちはもう諦めるのは止めようって。私も、もう母さんから逃げない。だから、朝陽もアヤトくんから逃げないで! 諦めないで気持ち伝えて」

あの日、朝陽が私にかけてくれた言葉をあえて伝えた。

ギュッと強く繋いだ手に力を込める。

私が朝陽の側にいる、もう絶対に一人になんかさせないから、あの時の自分を乗り越えてほしい。

「……、うん……、うん、もう逃げない」

私の手を握り返す朝陽の指先が体温を取り戻していく。

大丈夫、今の朝陽なら、きっとアヤトくんに想いを伝えられるはずだ。

私の手を離し、踵を返した朝陽が二段飛ばしで階段を駆け上がっていき、その後ろを必死に追いかける。

　階段を上り切った先、アヤトくんは歩道橋の真ん中で、まるで朝陽が来るのを待っていたかのように立っていた。

「アヤト‼」

　弾かれたように、彼のもとに走っていく朝陽。

　アヤトくんの前で立ち止まった朝陽は、深く深く頭を下げていて、少し離れた場所に立つ私にまで「ごめん、今まで逃げててごめん」という大きな声が聞こえてきた。

「なんだよ、今さら」

　アヤトくんの冷たい声に、朝陽は顔を上げることもできないままで、その姿が切なくて思わず駆け寄ろうとした次の瞬間。

「ふざけんなっつうの。勝手に連絡先変えて、誰にも知らせないまんま引っ越して。なんで、いきなり？　なんで、ここで会うんだよ！」

　アヤトくんは朝陽の肩に手をかけて顔を上げさせる。

「今、お前、どこにいんの？」

「……、函館」

「サッカーは？」

グッと唇を噛んで首を横に振ろうとした朝陽にアヤトくんは。

「辞めたなんて言ったら許さねえからな！　オレだって続けてんだからな、今でも。この脚でも！」

アヤトくんの声にやっと顔を上げた朝陽。

「すげえだろ。朝陽、アンプティサッカーって知ってる？」

首を振る朝陽に、アヤトくんは自分のジャージを指さして。

「アンプティサッカーってさ、オレみたいに、脚や腕を切断した人がプレーしてるサッカーなんだよ。オレさ、自分で言うのもアレだけど、サッカー割と上手かったじゃん？で、アンプティサッカー界でも期待のエースなわけよ！　今、仙台のチームにスカウトされて監督の家から高校にも通っててさ。今日も練習の帰りで、地下鉄乗ろうとしてて、で、朝陽がいて……」

興奮気味に近況を伝えてくれたアヤトくんが声を詰まらせて、泣いているのを隠すように顔を擦っている。

「アヤト、ごめん。俺、何度でも謝らなきゃって思ってたのに、ずっとずっと逃げてた。許してもらえないだろって諦めて」

「うるせえよ。オレの方だよ、お前のこと拒否したの。お前が辛い思いしてんの知ってて責めた。最低だった。仲直りしたくて、あれから少しして電話したのに、番号変えたんだろ？　もう繋がらなくて……」

うん、と苦し気に頷いた朝陽に、アヤトくんもそうか、と頷き返して。

朝陽の次の言葉を待っているアヤトくんがいた。

がんばれ、朝陽。ずっと伝えたかった想い、言わなきゃ！

祈るように見ていると、ようやく朝陽が口を開いた。

「二度とこうして、アヤトと話せることなんかないって思ってたんだ。もっと何度でも、アヤトに会いに行けばよかったのに。許してもらえるまで何度だって。あの時、自分が辛いからって全部逃げ出したの、ずっとずっと後悔してた。だけど、アヤトのこと一日だって忘れたことなかった、会いたかったんだ。やっと……、会えた」

「オレだってそうだよ、一時の感情でお前と会えなくなったこと、オレもずっと後悔してた。あの時の朝陽にはなんの落ち度もなかったのに」

アヤトくんの言葉に朝陽は何度も首を振る。

二人ともボロボロに泣いて謝り合って、最後にアヤトくんが、朝陽を見上げて軽く胸元を小突き。

まるで一試合サッカーでも終えたようにお互いを一度抱きしめて背中を叩いて、今度は笑い合いながら、長いこと何か話してる。

ようやく顔を上げた朝陽に笑顔が戻っていることに一安心したら、私も泣けてきた。

「リッちゃん！」

朝陽の呼ぶ声に顔を上げたら、アヤトくんが私を見て笑って手を振り呼んでいる。

「えっと、函館でできた俺の彼女のリッちゃん」

近寄ると、アヤトくんへの紹介の言葉に瞬間で顔が火照るのを感じた。

「はじめまして、リッちゃん。さっき朝陽に聞いた。名前、同じ漢字なんだって？」

「はい、そうみたいです」

朝陽の隣に立ち対面したアヤトくんの笑顔は、なんだか夏の太陽みたいな明るさを持っていた。

アヤトくんはサッカー以外は義足で過ごしているらしく、一見すると本当にそこら辺りにいる普通の男の子。

朝陽と並ぶ姿を見るのは初めてで、こうしているのが久々なはずなのに、ずっと一緒だったかのように笑い合う二人に胸がジーンとしているところで。

「リッちゃん、気を付けな？　朝陽って案外モテるから、なんでか知らないけどモテるんだよなあ」

「ちょ、余計なこと言うなよ、アヤト！　リッちゃん、違うからね？　全然モテてないから」

困り顔の朝陽を、アヤトくんが目を細めて優しい顔で見ている。

ようやく二人とも、ここからまた心を繋いだんだ。

「サッカー、続けろよ、朝陽」

どうやら函館でサッカー部に入部したけれど、今辞めるかどうかになっていることもアヤトくんに報告したようだ。

「朝陽からサッカー取ったら何も残らない、あ、リッちゃんは残るか」

ワハハと笑うアヤトくんに朝陽は「ひでぇ」と苦笑する。

「オレ、いつかアンプティサッカーをパラリンピックの正式種目にしてもらうのが夢でさ」

恥ずかしそうに笑うアヤトくんは。

「だから、その時朝陽はオリンピック出ろよな！　で、一緒に金メダル取ろうぜ」

グータッチを求めるアヤトくんに、困ったように笑って、だけど力強く頷いた朝陽は。

「約束、する」

と笑顔で自分の拳をあてた。

仙台から函館までなら、新幹線を使えばすぐに会える。

「今度、函館行くわ。観光連れてけよ、朝陽」

「うん、連絡して。俺も仙台また来たい。牛タン奢って、アヤト」

「はあ？　じゃあ、函館行ったらウニ丼奢れよ」

「ウニ丼の方が高い気がすんだけど？」

三人で笑い合ったあと、アヤトくんは私に目を留める。

「リッちゃん、朝陽のこと頼むね」

「あ、あの、アヤトくん！」

「うん？」

「今日は、ありがとう」

朝陽を、こんなに晴れやかな笑顔にしてくれて。

私の想いが全て伝わったんだと思う。

アヤトくんは頷いて。

「朝陽の側にリッちゃんがいてくれて本当によかった」

そう言って、じゃあ、またねと笑顔で手を振り駅へと消えたアヤトくんを見送ってから、朝陽ともう一度手を繋ぎ、ホテルへと向かう。

　フロントマンの男の人が私と朝陽の顔を見て「倉田《くらた》様と成瀬《なるせ》様ですね、どうぞこちらへ」とフロントに案内してくれた。

　父さんからの連絡を受けて、私たちのことを待っていたというフロントマンさんからカードキーを手渡される。

「こちら倉田様のお部屋は三階になります。成瀬様のお部屋は六階、成瀬渉《わたる》様のご希望で、お部屋は離させていただきました。くれぐれもお互いのお部屋を行き来することはございませんように、とのご伝言をお預かりしております」

　父さんってば！　朝陽と目を合わせて笑いあった。父さんらしい気遣いが何だか嬉しくなる。

「ただし、このロビーにおいてご歓談いただくことは問題ないかと。無料の温かいお飲み物なども完備されておりますので、どうぞおくつろぎください」

　微笑んだフロントマンさんが示してくれたのはソファー席がいくつもある場所。新聞を読んでいる人やパソコンを開いて仕事をしている人も。

「ありがとうございます」

　カードキーを受け取った私たちは一旦ソファーに移動した。

「はい、リッちゃん」

朝陽から手渡されたのはお茶とおにぎり二個、一個は仙台名物の牛タンおにぎり。

「本物の牛タン奢ってあげたかったけど今日のところはこれで我慢してね」

「ごめんね、朝陽。いくらだった?」

「いいよ、大丈夫。ICカードだし。そしていよいよ俺のカードも残金百五十円!

リッちゃんより少なくなった」

苦笑する朝陽に、自分の残高を思い出し釣られて笑ってしまう。

いつもなら十九時の夕飯も今日は二十一時を過ぎてしまっていた。

一日がこんなに長い日があるだろうか。

お腹がペコペコだった私たちは十分もかからずにペロリと完食してしまった。

「よかったね、無料のモーニングがあるらしいよ」

「今食べたばかりなのに、リッちゃんもう朝食のこと考えてるの?」

「え、違う! 朝陽が足りないかもしれないって」

何だか自分がまだお腹空いていることを見透かされてるみたいで恥ずかしい。

父さんにメッセージでチェックインした報告を送った。

「アヤトくんと会えてよかったね、朝陽」

「だね、でもリッちゃんがいなかったら、俺また逃げてたかもしれない。ありがと」

私なんか何も、と首を振ると、朝陽が優しく目を細めて。

「奏太と星《あかり》からね、リッちゃんが母さんとモメたみたいだって聞いたけど」

……、ああ、朝陽に言わなくてよかったのに。でも隠してたって仕方ない、だから。

「まあ、うん……、言っちゃったんだよね、今日。本当の母さんじゃないくせに、って」

「言っちゃったの？」

朝陽には前に伝えたんだ、ミツおばさんの位牌に書かれていた日付が私の誕生日の次の日だなんておかしい、って。

もしかして本当の母さんは、ミツおばさんなんじゃないかって。

「……思い出したら私が帰りたくなくなったかも」

ため息をつき項垂れた私の頭を撫でる朝陽の体温が、心にまで沁みていくみたい。

長い長い一日の終わりに今日母さんにぶちまけてしまったことを朝陽に打ち明けた。

朝までに、何度も目が覚めた。

実家ともじっちゃんの家とも違う空間のせいだろう。

夕べは遅くまで二人で話していて、朝陽はもう大丈夫だと確信できた。逆に私が大丈夫なのかを朝陽に心配されたけれど、言ってしまったことは取り返しがつかない。

二十四時まで後少し、アクビをした私に釣られて朝陽もアクビをしたから「また明日」と指切りを交わしてお互いの部屋に向かう。

フロントマンさんの「おやすみなさい」の笑顔に何度も頭を下げた。


「おはよ、リッちゃん」

「おはよ」

朝陽の笑顔に、逃げずにここに残っててくれたことに本当に安心した。

やっと一緒に帰ることができる……。

そう思う反面、レストランでモーニングを取りながら近づいてくる時間に怯えソワソワし出した私に。

「めちゃくちゃ浮かない顔してる」

「そりゃ、そうだよ、絶対怒ってるもん」

昨日の電話口での父さんの第一声がめちゃくちゃ怖かった。

「ごめん、リッちゃん」

「うん？」

「一緒に怒られてあげるしかできない」

「え、庇うんじゃなくって？」

「そう、庇ったら俺一人怒られちゃうから！　一緒に怒られよ？　不甲斐《ふがい》ない彼氏でごめんね」

へへっと冗談めかした朝陽に。

「……、本当だよ。心配かける彼氏に振り回されてる」

いーっと歯を見せて顔をしかめたら笑っていて。

きっと新幹線に乗る前の別れ話を今笑って流してしまおうとしているのが、お互いにわかった。

昨日から涙腺は壊れていて、気を緩めたらお互いにまた泣いちゃいそうだから笑いあって、ロビーまで手を繋いだ。

時刻はもうすぐ九時四十五分。

父さんが乗った朝一の新北斗発の新幹線はさっき仙台駅に着いたはず。

朝陽と二人、昨夜と同じソファーに座り、緊張しながらホテルの入り口ドアに目を向けたその時だった。

「っ、なんでっ」

目と目が合った瞬間にツカツカと先にこちらに歩いてくるのが母さんだとわかった。

なんで母さんまで？

慌てて立ち上がり逃げ出そうとするのを朝陽に手を引かれ止められてしまう。

「リッちゃん、約束忘れたの？」

私ももう、逃げない。母さんの話を聞く、ちゃんと！

自分で立てた約束を二十四時間も経たないうちに撤回したくなるのは、母さんの怖い顔がすぐそこまで迫ってきたからだ。

ホテルのロビーに、パァンという乾いた音が響き渡る。

突然頬を叩かれたことなんて今まで一度もなかった。

ジンジンと熱を持ったように頬が痛い。

「母さん、人がいるから」

後ろから慌てて走ってきた父さんは母さんを羽交《はが》い絞《じ》めにし。

朝陽は母さんから私を守るように間に入り込む。

「なして心配かけるの⁉　リツ」

私を睨みつけ威圧するような母さんに首を横に振る。

「湯川《ゆのかわ》には帰らないからね」

「なして‼」

「母さんの側にいたくないからに決まってるっしょ」

「あんたって子は、まだ」

父さんの羽交い絞めに抵抗し、私をまた叩こうとしている母さんに、朝陽の背中越しでしか文句を言えない自分が情けない。

ペタンとそのまま、さっきまで腰かけていたソファーに座り込む私の前に母さんは立っていた。

「リツと二人だけにしてくれるかい？」

母さんは父さんと朝陽の方を見ないままで呟く。

「母さん、ちゃんと話すって約束だからな？　絶対手あげたらダメだ、わかってるべ？」

父さんの言葉に母さんは少しだけ考えてから小さく頷いた。

父さんと朝陽が心配そうに何度も振り返りながら、連れ立ってホテルを出ていくのを横目で見ながら。

「なんで来たの、母さん」

「なんでって……、あんたが心配だからに決まってるべさ」

「嘘だ」

「なして嘘だって」

「したって、母さんがいっつも心配してたのは拓のことだけでしょや。私のことなんか心配したことなかったっしょ！　全部全部知ってるんだからね？　ミツおばさんが、私の本当の母さんなんでしょ！　私が母さんの子じゃなかったから邪魔だったし、めんこくなかったんでしょ！」

「ちがう、聞いて、リツ！」

「聞かない、母さんの言うことなんか、もう何も聞きたくない」

耳を塞ぎ、母さんを睨んだら目の前がかすみ、ゆがんでいく。

泣きたくなんかないのに、涙が止まらない。

しばらくそうしていたら、母さんは、黙って私の前に何かを差し出した。

ぼんやりとそれを見たら、一枚の写真と古びた母子手帳だった。

耳を塞いでいた手を下ろして。

「なによ、これ」

「リツが見たがっていた母子手帳……」

母の名前のところがマスキングテープで隠されてはいるものの、子の名前は私だ。

古びた写真を手にしてわかったのは、高校生時代の三人、真ん中にはミツおばさん、その左に父さん、右に母さん。

ミツおばさんは笑顔で二人の肩を抱いていて、父さんも母さんも笑顔だった。

「じっちゃんが撮ってくれたの。高校生のミツ先輩、あんたにそっくりでしょう？」

「じゃあ、やっぱり？」

母さんを見上げたら涙を必死に堪えた顔で何度も頷いて、心がズキリとして、見ていられずにまた目を逸らした。

「なして、教えてくれなかった？　もっと早くに教えてくれてたら」

「母さんだって、教えようと思ってたことあったんだよ。リツが中学生くらいになったら話そうか、って父さんと相談してた。だけど、やっぱり言わないって」

「なし、て？」

「したって、リツのこと赤ちゃんの時からずっと育ててきたの私だよ？　ミツ先輩は産んだだけでしょうや」

「なんで？　なんでそんな酷いこと言うのさ‼」

実の母親の悪口を言われているみたいで悔しくて、胸の中に母さんへの新たな憎しみが湧いてくるようだった。

「したって、したってだよ？　私だもの、あんたば育てたの。それなのに、あんたはどんどんミツ先輩に似てくる。優しくて人に気遣いもできて、どんどん似てきて……、理都の理は、私の名前の理香子から。都は美都《みつ》先輩から。リツって名前にしたいんだってミツ先輩言ってたからさ……、したけど漢字だけは聞いてなかったから、私が付けたんだよ。私の子にするって決めて」

母さんが母子手帳を開いて、そこに挟んである二枚の写真を取り出した。

一枚はよく知っている、母さんが私を抱っこしている写真。

もう一枚はベッドに座るミツおばさんが私を抱っこしている写真。

よく見たら二枚とも白い壁が同じだった。

「リツが生まれた次の日、父さんと二人でお見舞いに行った日の写真なんだわ。まだこの頃、じっちゃんもばっちゃんもミツ先輩のこと許してなくてね。特にばっちゃんがさ。したから父さんと二人で花と赤ちゃんの服買ってお見舞いに行ったんだわ。リツはちっちゃくてフニャフニャで、ミツ先輩に似た可愛い赤ちゃんだった」

そういえばミツおばさんと私が写っているベッドの横、サイドテーブルには鮮やかな花が飾られている。

ミツおばさん、ううん、本当の母さんは嬉しそうに私を抱いている。

私が生まれた翌日に本当の母さんは亡くなったから、この写真が最後の一枚だったのかもしれない。

「この日の夜に、ミツ先輩が急変したの。元々、妊娠高血圧症だったんだって。したけど出産した後も元気でね、この写真撮った時もたくさん話もしたし笑ってたんだわ」

母さんが話してくれたのは、私が知らなかったたくさんの真実。

本当の母さんと、母さんの話。

「父さんが市役所に勤めて二年ぐらいの時さ、東京からミツ先輩が帰ってきたの。もうその時にはお腹が大きくてさ」

お腹の子の父親が誰かを絶対に口にせず、一人で育てるから、と実家に帰ってきたのだという母さん。だから母さんが亡くなってしまった今も父親が誰なのかはわからないままだという。

なにかを思い出すように唇を噛みしめた母さんが小さく息を吐く。

「ミツ先輩は勝手だよ。勝手にあんたのこと産んで、すぐに死んでしまうなんて。ミツ先輩が東京から戻ってこなきゃ、私と父さんは何の心配もなく結婚してたんだわ。それなのに、お腹の大きいミツ先輩が帰ってきて、成瀬の家がそれどころじゃないって。私と父さんの結婚、少し先延ばしにしてくれって。悔しかった、なんで問題抱えて帰ってきたのかって……、したからリツが生まれた次の日ね、その写真の日」

呼吸が乱れうまく話せなくなってしまった母さんは、深呼吸を繰り返しながら、それでも話し続ける。

「ミツ先輩にね、言ってしまったの。父さんが先に帰った後で。したってミツ先輩がさ、『可愛いでしょ、父さんも母さんもリツの顔見たらきっと許してくれるはずだわ。だってこんなにめんこいんだもの』って能天気に笑うんだもの……。したから、したからさ、ミツ先輩のせいで、私は結婚できなくなったって言ってしまったの。なんで子供なんか作って帰ってきたの？　って言ってしまったんだわ。ミツ先輩『ごめんね、理香子ちゃん、私のせいでごめんね』って泣いてた。できるだけ早くリツば連れて東京かどこかで暮らすからって」

「なんで子供産んだばっかりの人に、そんなこと言えるの？　母さんは、そんなにミツおばさんのことが嫌いだったの？　したから？　ミツおばさんに似てるから私のことも？」

違う、違うと首を振る母さんの目からはとめどなく涙が溢れている。

「嫌いなんかじゃなかったから‼　高校の時から大好きなセンパイだった。したけど、ミツ先輩のせいで私は結婚できなくなった、そう思ったら口に出してた……。でも、今度会ったら必ず謝ろうって思ってたの。だけど、今度はなかった……」

母さんは俯き、震えていた。

今にも倒れてしまいそうな母さんの手をひき、さっきまで朝陽が座っていた目の前のソファーに座らせた。

「その日の真夜中に父さんから電話があってさ、すぐ病院に行ったんだわ。したっけ、もうミツ先輩亡くなってて、泣き腫らしたじっちゃんとばっちゃん、そして泣いているリツば抱いた父さんも途方にくれた顔して、『どうすんだべな、こんなにめんこい子供残して』って……」

私の知らない、その夜のことを初めて聞いた。

じっちゃんや、ばっちゃん、そして父さんの憔悴《しょうすい》しきった顔が浮かんで、苦しくなる。

「私が抱っこを代わって、リツのほっぺ触ったらさ。おっぱい貰えると思って私の指に吸い付いてきたの。母さんが死んだのもわからないリツが必死に生きようとしてるの見てさ。私がリツの母さんになるって決めた。でも、それだけじゃない。ミツ先輩への罪滅ぼしもあったと思う」

最初はじっちゃんにもばっちゃんにも反対されたって。もちろん母さんの方のばあちゃんには絶対ダメだって。

したけど母さんの決心が変わらないのを見て父さんも決心したそうで。

そうなると周りも二人に協力するしかなくなったと。

「すぐ籍入れてさ、二人で市営の団地に引っ越してリツば育てたの。リツはあんまり泣かない子でさ。夜泣きもしなかったし聞き分けもいいし手はかからないし。いつの間にか、私が産んだつもりでいたんだよ……、なのになしてだべね……、ごめんね、リツ、ごめんね」

顔を覆った母さんは背中を丸めて号泣した。

だけど、だったら、どうして？

「そんな思いまでして、育てようって、なのに……、やっぱりめんこくなかった？本当の母さんに似てたから？　私が言うこと聞かなかったから？　だから拓と差つけたの？　母さん、知らなかったっしょ？　私、ずっと母さんの顔色ばっかり見てたの。毎日、今日はどうしたらうまくやり過ごせるかなって、そう思ってたんだよ？」

ハッとした顔をして、私を見つめた母さんが「ごめんね、ごめん……」と声を震わす。

「拓ば妊娠してからだったわ、……どうしても拓ばっかり気になってしまってた。リツはいいお姉ちゃんだったよ、いつも拓ばめんこがってくれてたし。ミツ先輩に似て優しくて。したけど私が差をつけてしまってた。気付けば拓のことばっかし優先してたの、わかってたのに止められなかった」

テストの成績が拓よりも私の方がいい時、お弁当の中身。

自分より拓を可愛がる母さん、そのたびに悲しかった私。

だけど母さんはそんな私の顔を見てもっと悲しそうな顔をしていた。

「あんたが泣くたび、ミツ先輩の泣き顔を思い出してた。リツを怒るたびに、ミツ先輩はきっと悲しんでるって思うのに。母さんの意地だった。私が育てたんだから、自分の娘だって。したけど、ミツ先輩が重なってしまう。ごめんねって謝れなかった日のこと、リツの顔見るたびに思い出して後悔してたのに――」

母さんの中にあった葛藤を私が知るはずはなかった。

だけど、それを理解したとしても、母さんが本当の母さんに投げかけた言葉は酷いと思う。

ただ、それでも育ててくれた。

そこには罪悪感だけじゃない何かがあったと私はまだ信じていたくて、母さんの言葉を待った。

「一回さ、リツと拓ば連れて母さんの実家に遊びに行ったことあるのさ。その時ね、二人が珍しくケンカしたの。拓が泣いたのを見たうちの母さんがさ、リツに向かって『なして拓ば泣かしたのさ。誰に似たんだかね、めんこくない。よその子だもんね』って。悔しくてさ、私にとってはリツも私の子なのにって悔しくて。母さんとケンカしてリツだけ連れて飛び出してさ」

気付いたら母さんはあの海にいたのだという。

「……何となく、覚えてるよ」

「え？」

「母さんと並んで海見てたの覚えてる」

怖かった、見上げた母さんの顔が。

「リツ連れて飛び込もうかって思ったんだわ。したけどリツがさ、私ば見上げて一生懸命笑うの。寒くて震えてるのに『母さん寒くない？』って気遣ってさ……」

ごめんね、そう呟いた母さんの顔を見て、あの日を思い出した。

『ごめんね、リツ。ごめんね、寒かったね、母さんバカだね。リツのこと大好きだからね』

私を抱きしめていつまでも泣いていた母さんのこと、私も大好きだって、そう思ったんだ。

「ごめんね、もしリツに何かあってミツ先輩みたいに悲しいことになったらって思うと、他の子に比べたら厳しいことばっかり言ってたと思う」

母さんが、私が男の子と遊ぶのを過剰なほど嫌がってたのは、本当の母さんと私を、重ねて見て心配していたからだったんだと、ようやく気付く。

「もっと早く本当の母さんのこと話してたら、リツは楽にしてあげれたかもしれないのに。母さんのワガママで、本当にごめんね、ばっかりで……ごめんね」

さっきからずっと母さんはごめんね、ばっかりだ。

いつもの母さんらしくない、一回り小さく見える姿。

ごめんね、ばかりの母さんを見ているのは胸が痛い中、ふと夕べの朝陽とアヤトくんのやり取りを思い出す。

謝れなかった、そして許してあげられなかった月日のこと。

二人の後悔や、あの日朝陽に『母さんに弁解のチャンスを与えて』と言われたことを思い出したら……。

ねえ、母さん。

ねえ、母さん？

ずっと綴っては捨ててきた想いを、これからは——。

「イヤだったよ、私だって。母さん、私ばっかり怒るし。拓ばっかりめんこがってズルイって思ったし。そういうの本当はすごくイヤだったんだからね。私ばっかり母さんのこと考えてる気がしてたんだから。ちゃんと私のことも、見てよってずっと思ってたんだよ？　母さんに、嫌われたくなくて、言いたいこといっぱい我慢してたし。したけど、もういい？　もう私、我慢しなくてもいい？　母さん？」

私が立ち上がると、母さんも釣られるように立ち上がる。

その横に立つと、母さんはいつの間にか私よりも小さくなっていて、そっと背中に手を回した。

「リツ……？」

驚き離れようとする母さんを、ぎゅうっと抱きしめた。

「怒ってる母さんは大嫌いだよ。したけど私の好物を作ってくれる母さんは大好きだよ。母さんと私だけがチーズバーガー好きなのも似てて嬉しいし。知ってた？　私が作る料理は、母さんに似て美味しいって、じっちゃんいっつも喜んでくれて、それも、なまら嬉しいんだよ？　話し方も似てるんだって。したからさ？　母さんは母さんだよ、ずっと育ててくれた母さんだもの。もう一人母さんが増えただけで、今までと変わんない、そうでしょ？」

ダメかな？　きっと、また母さんのこと怒らせたりするかもしれない。

だけど、私だって今度は何がイヤなのか、とことん話したい。

本当の母さんへの負い目かもしれない、でも、私のこと思って育ててくれてたのも本当でしょ？

「私、ずっと母さんの子でいたいよ」

母さんを見上げたら今度こそ声を上げて泣きだして、私を思いきり抱きしめてくれた。

どれぐらい時間が経った頃だろう。

近寄ってくる人の気配に、とっさに母さんと身体を離した。

母さんも私も目は腫れているし、顔が真っ赤なんだろうけれど互いに見栄を張るように涙を拭って微笑み合う。

「母さん、リツ、何、飲む？　母さんはお茶でいいべ？」

その声に振り返るとコンビニの袋を掲げて、泣き腫らした顔をして笑う父さんと。

「リッちゃんもお茶にする？　それともスポーツドリンク？」

朝陽もまた目を真っ赤にして必死に微笑んでいて。

ああ、これはもう大分前から立ち聞きしてたんだって母さんと察知して噴き出した。

笑ったらまた涙が溢れて、母さんも同じように泣き笑いしてて。

父さんは私と母さんを抱き寄せてやっぱり同じように泣き笑って。

そっと横目で朝陽を見たらこちらを見ないように背中を向けて、だけど目を擦っていた。

◇◇◇

「じっちゃん、行ってきまーす！」

「道路凍ってるとこもあるかもしれないから、気を付けて行け！　今日終業式だったか？」

「んだよ、帰りにさ」

「うん、友達とご飯食べてくるんだべ？　ゆっくりしてこい、小遣い足りなかったらやるど！」

「大丈夫、あるからさ！　したっけ、帰り遅くなるねえ」

じっちゃんに手を振り自転車を漕ぎ出す。

並行して走る海はすっかり冬の色、あれから二度雪が降って、だけど、まだ根雪にはなっていない。

毎年そろそろ本格的に降り出すのだ。

──あの日。

新函館北斗駅に着いたらそこには驚きの人たちが迎えに来ていた。

あーちゃんと奏太くん、奏太くんのお父さん、そして。

朝陽のお父さんとお母さん。今朝の一便の飛行機で東京から函館に来たのだという。

「ごめん、心配かけて」

お父さんたちに謝り頭を下げた朝陽に。

「いい、無事だったんだから」

朝陽のご両親は朝陽の顔を見て、本当に安心したように笑った。

朝陽によく似たおっとりとした雰囲気のご両親もきっと、ずっと心配していたのだろう。

うちの両親が私を心配してくれたように。

「おかえり、リツ」

笑顔でギュッと私を抱きしめてくれたあーちゃんを抱きしめ返す。

あーちゃんや奏太くんの顔を見たら、やっと函館に帰って来れたんだって実感した。

いつもと変わらない何気ない会話に日常を感じる。

朝陽のご両親がうちの両親に何度も頭を下げて挨拶しているのを見て。

奏太くんとあーちゃんと朝陽と私は顔を見合わせて、また明日ねって笑って別れた。

じっちゃんの家では、拓が目を真っ赤にして待っててくれた。

事情を聞いて動揺したくせに、とびっきりの笑顔で『まあ、姉ちゃんはずっとオレの姉ちゃんだし』なんて言うから私はまた泣いてしまう。

じっちゃんと父さんと母さんと拓と、仏壇の前に座って『母さん』の遺影と写真を、ばっちゃんの隣に並べ、手を合わせた。

本当はこうしてほしかったんだろうな、じっちゃんもばっちゃんも。

私や母さんのことを思って隠してたんでしょう?

感慨深げに写真を見つめるじっちゃんの目に涙が浮かんでいた。


「おはよ、リツ」

背中からかかる奏太くんの声に自転車を止めた。

「おはよ～！」

振り返ったら三人が口々に、おはようを返してくれる。

「あれ？　リッちゃん、モコモコしてる！　可愛い」

朝陽の言うモコモコは白いニットの帽子と揃いのマフラーと手袋だ。

「今年の母さんの新作、めんこいっしょ」

「うん、なまらめんこい！」

「したから朝陽の訛りは気持ち悪いんだって、やめれ！」

あーちゃんに怒られて朝陽は苦笑した。

冬になり寒くなったでしょ、と母さんが昨日じっちゃんの家に置きに来てくれた。

毎年、冬になると何かしら編んでくれていた母さんからの今年の贈り物。

じっちゃんにも暖かそうな緑色の手編みのセーターと、好物のかぶの千枚漬けを持って。

『理香子さんの漬けた漬物はうまいんだよな』と、じっちゃんは嬉しそうに笑っていた。

「リツ、そういえばマネージャーになってくれるんだって？　よかったな、星。少し楽になるな」

「うん、今日入部届け出すから」

私はこのままじっちゃんの家で暮らすことになり、サッカー部のマネージャーを引き受けることに決めた。

母さんとはお互いを思いやるための距離を取って、時々行き来をしては、たまにケンカして、仲直りする。

私が思ったことを口に出すようになって、母さんは「なんだか自分とケンカしてるみたいでイヤになるわ」と苦笑いしてた。

うん、知ってる。私と母さんって、やっぱり似てるもんね。

朝陽の方も、今まで通り東京に帰ることなくここで暮らす。

あーちゃんや奏太くんの説明で、クラスの子たちも朝陽のことをわかってくれた。

最近は少しずつ、また皆が朝陽に話しかけてる様子を見かける。

麻友さんに連れてこられた赤塚先輩も『悪かったな』と謝ってくれて、朝陽もそれを笑って受け入れた。

アヤトくんとは、あれから何度も連絡を取っているみたい。

来年のゴールデンウィークに遊びに来るんだって、と嬉しそうに教えてくれた。

「明日から冬休みだけどさ、クリスマスどうすんの？」

奏太くんから話を振られた私と朝陽は目を合わせた。

「デートに決まってるっしょや、気ぃ利かせな、奏太！」

「え？　そうなの？　したら初詣《はつもうで》は⁉」

「初詣、リツは実家に帰るんでしょ？」

「ううん、今年は父さんたちがじっちゃんの家に泊まるのさ、したから行けるよ！　あ、弟も連れてっていいかな？　来年受験だから、祈願しないと」

したら冬休み、まずは初詣からだな、と約束しあって。

今日の放課後に計画を練ろうぜと、いつも通りラッピでハンバーガーを食べることにする。

そうだ、その時に二月の大沼の雪祭りに皆で行こうって話もしなきゃ。

明日は朝陽と金森赤《かねもりあか》レンガ倉庫《そうこ》でデートだ。最近はうちの近くの大きな坂道もイルミネーションが街路樹を彩っているけれど、クリスマスといえば、やっぱり金森倉庫だ、カナダから運ばれてくる大きなもみの木だ。

早く朝陽に見せてあげたいな。

「リツ、何考えてんの？　ニヤニヤして」

「明日のデートのことだな？　リツってば嬉しそう」

う、うわ、見られてた‼

「違う、違うよっ‼」

「え？　違うの？　俺とデートしてくれるんじゃないの？　リッちゃん」

「す、するよ、するし！　って、もう！　皆して、すぐからかうしっ」

絶対顔が真っ赤になっちゃってて恥ずかしい。

三人はそんな私を見てクスクス笑っていた。

「あ……」

ほっぺたにポツリと冷たいモノが落ちてきた。

見上げた灰色の空から舞い降りてくる白い雪。ふわりふわりと皆の頭や顔に落ちてくる雪が、見る見る勢いを増してきた。

「積もるな」

「やば、これ帰り絶対自転車押して帰らなきゃじゃん！　リツの家に預けさせて！」

「俺も」

慌てて自転車に乗り、私の家まで皆で引き返す。

白い雪が何度も何度も目の中に落ちてきて涙が出るほど冷たいというのに、こんなにも楽しい冬は初めてだって思った。

朝陽、明日はホワイトクリスマスになるよ。

私の心の声が聴こえたように前を走っていた朝陽が嬉しそうに振り返った。

きっと、今年は楽しい冬になるね、そんな笑顔で。

## エピローグ

目の前に広がるのは冬の津軽海峡《つがるかいきょう》。
暦の上では春だというのに、北海道の三月終わりはまだ冬の延長線上にある。
あの日と同じ光景に目を細めて強い潮風に持って行かれないように足を踏ん張った。
「朝陽《あさひ》、持ってきた？」
「持ってきたよ」
繋いでいた手を離して、私はショルダーバッグから。
朝陽はコートの胸ポケットから。
取り出したのは、あの日朝陽に読まれた手紙。
そして朝陽の手にあるのは。
朝陽もまたあの日持っていた、アヤトくんへの気持ちを綴った手紙。
自分の命と引き換えに許してほしいと書いた手紙。
お互い手にした封筒から便箋を取り出して、全てを小さく小さく破り出す。

小さなただの白いゴミの塊になってしまったそれを、私は両手を広げて空へと羽ばたかせた。

強い北風に一瞬で舞い散り昇っていく。

大好きだ。母さんも父さんも、大好きだ。じっちゃんも拓《たく》も。あーちゃんも奏太《かなた》くんも。

そして今隣にいてくれる朝陽のことも大好きだ。

だからバイバイ、あの時の自分。自分のことが大嫌いだった私。

「あーあ、環境破壊」

感傷に浸って見上げていた私の耳に届いた朝陽の無情な言葉。

「えっ、嘘⁉ どうしよう」

朝陽はまだ千切り終えた手紙を握っていた。

一人だけズルイ！

私の焦る顔を見ていたずらな笑みを浮かべると。

「なんて、ね。俺もっ」

私と同じように万歳と手を伸ばした先、朝陽の凍てついた心が解けていくように飛んでいく。

白く舞い上がっていく手紙だった物。

しばらく目を凝《こ》らしてそれが消えていくのを黙って二人で見守っていたら。

朝陽の腕の中に抱きしめられて、その温かさに顔を埋める。

あの日震えながら私を抱きしめてくれた朝陽、今日は笑顔で。

あの日泣きながら朝陽に抱きしめられて怒っていた私も、今日は笑顔で。

見つめ合ってもう一度強く抱きしめ合う。

――あの日、あなたに出逢えたから。

ミュートした感情はとっくに解除された。

今はまだ少しだけ慣れなくて気を遣ってしまうことはあっても。

それでも私は。私と朝陽は。

もう二度と心をミュートなんかしない。

閉《ざ》したり

「帰ろっか」

頷き、見上げたら不意打ちのキス。

「バカじゃないの」

照れくさくて悪態をつく私のことを、それでも朝陽は一番わかってるから。

「大好きだよ、リッちゃん」

私の欲しい言葉を春の陽だまりみたいな笑顔で零した朝陽が眩しくて。

眩しさにかこつけて、目を瞑る。
あと少しだけ、お互いの温もりを分け合ったら。
想いを伝えよう――。

この声、届け君に
生きづらい君に叫ぶ1分半
小谷杏子
Kyoko Kotani
自信がなく宙ぶらりんに生きる高二女子、
中《なか》崎《さき》晴《はる》は音楽と過激な詞《ことば》で視聴者を虜にする
大人気クリエイター『earth』オタクで、
密かにアフレコ動画を投稿している。
ある日、とある理由から『earth』の正体が
クラスメイトの星《ほし》川《かわ》凪《なぎ》だと知ると同時に、
晴は詞に声を吹き込む覆面声優に抜擢されてしまう。
凪と出会い、晴が声を届ける喜びに目覚めていく中、
突然『earth』は解散危機に追い込まれてしまい……？
生きづらさを抱えるあなたに贈る、
温かい涙が止まらない感動作。
生きづらい君に叫ぶ1分半
小谷杏子
アルファポリス文庫
この声、届け君に
この音色に温かい涙がこぼれる
平凡な私は特別な彼に出会い、世界が輝き出した

◉定価：770円（10%税込）　◉イラスト:萩森じあ　ISBN:978-4-434-33899-1

モノクロの世界を、
君が変えてくれた——
青く燃ゆ
瞬間、
Moment, burning Blue
葛城騰成
Tousei Katsuragi
最愛の彼女を喪《うしな》い、
無意味な人生を送っている春野律《はるのりつ》。
彼女の死から、他人の顔にモヤがかかり、
その色で感情がわかってしまう「心視症」に苦しんでいた。
そんな律の前に後輩の市川麻友《いちかわまゆ》が現れた。
なぜか、彼女の顔にはモヤがかかっていない。
麻友は律を更に驚かせることを言った。
「知らない人に追いかけられているんです」
ストーカーに殺された彼女の面影を重ねた律は、
彼女を助けようとし……。この出会いで、
あの時から止まっていた時間が再び動きはじめる——！
アルファポリス第5回ライト文芸大賞 青春賞
アルファポリス文庫

ISBN:978-4-434-33898-4

ISBN:978-4-434-33744-4

この作品に対する皆様のご意見・ご感想をお待ちしております。

おハガキ・お手紙は以下の宛先にお送りください。

【宛先】

〒150-6019 東京都渋谷区恵比寿4-20-3 恵比寿ｶﾞｰﾃﾞﾝﾌﾟﾚｲｽﾀﾜｰ 19F
（株）アルファポリス　書籍感想係

メールフォームでのご意見・ご感想は右のＱＲコードから、
あるいは以下のワードで検索をかけてください。

アルファポリス　書籍の感想　検索

ご感想はこちらから

アルファポリス文庫

# この心《こころ》が死《し》ぬ前《まえ》にあの海《うみ》で君《きみ》と

東里胡（あずま　りこ）


2024年 6月30日初版発行

編　集－藤長ゆきの・宮坂剛
編集長－太田鉄平
発行者－梶本雄介
発行所－株式会社アルファポリス
〒150-6019東京都渋谷区恵比寿4-20-3 恵比寿ｶﾞｰﾃﾞﾝﾌﾟﾚｲｽﾀﾜｰ19F
TEL 03-6277-1601（営業）　03-6277-1602（編集）
URL https://www.alphapolis.co.jp/
発売元－株式会社星雲社（共同出版社・流通責任出版社）
〒112-0005 東京都文京区水道1-3-30
TEL 03-3868-3275
装丁イラストーゆいあい
装丁デザインーAFTERGLOW
印刷－中央精版印刷株式会社

価格はカバーに表示されてあります。

落丁乱丁の場合はアルファポリスまでご連絡ください。

送料は小社負担でお取り替えします。




ISBN978-4-434-33743-7 C0193